LE DESTIN FORGÉ

ABDOULAYE AMIE SOUMAH, MBA

ISBN 978-0-578-30496-0

REMERCIEMENTS

Je n'aurais jamais pu écrire ce livre sans l'aide précieuse de très nombreuses personnes. A cet effet, il m'est difficile de remercier individuellement toutes les personnes qui m'ont apporté leurs aides, mais je voudrais cependant remercier de façon particulière mes parents disparus. Mon père Elhadj Mandiou Soumah, ma mère Amie Camara et ma marâtre Yalikhan Damba (paix à leurs âmes) pour tous les sacrifices et l'éducation dont ils ont bien voulu me faire bénéficier. Ma femme Mme Soumah Hawa Diallo, la chance de ma vie, l'étoile de ma famille à qui je rends un vibrant hommage pour son courage, supports et encouragements. Je n'ai aucune idée de ce que je pouvais accomplir sans elle. A ma famille tout entière ; mes nombreux lecteurs, supporters, frères et sœurs, et amis des réseaux sociaux devenus une partie de moi sans jusqu'aujourd'hui avoir eu la chance de serrer leurs mains bénites.

A toutes et tous, Je dis merci

PROLOGUE

C et ouvrage est une autobiographie qui s'inscrit dans le cadre du développement personnel et du parcours d'autonomisation pour le jeune que j'ai été, dans un contexte que le lecteur comprendra à la fin. En effet, j'écris cet ouvrage pour apporter ma contribution aux lecteurs en m'appuyant sur les défis que j'ai rencontrés au cours de mon chemin. La méthodologie utilisée repose sur mon expérience, assimilée à la réalité quotidienne pour aider les lecteurs à tirer de bonnes conclusions lorsque des situations similaires se présentent au cours de leurs activités.

Mon souhait est que certaines situations exposées dans le livre servent d'inspiration pour éviter les mauvais choix et faciliter les prises de décision afin d'améliorer la qualité du jugement pour des résultats beaucoup plus bénéfiques. De mon Touguiwondy natal (un quartier populaire de Conakry, la capitale de la République de Guinée) jusqu'à mon domicile présent à New York aux États Unis d'Amérique, j'aborde plusieurs moments de ma vie : les défis rencontrés, le manque de moyens, le vivre-ensemble, la responsabilité personnelle, etc.

L'ouvrage se veut une source d'inspiration et de motivation qui pousse les gens vers ce qu'ils ont de mieux en eux-mêmes par le biais de l'esprit positif avec une grande capacité de contrôle des émotions en marges des faits négatifs ou improductifs qui sont de nature à consommer l'énergie qui doit être utilisée pour les bonnes causes.

Il y en a plusieurs livres disponibles en rapport avec la motivation sur la réussite ; en plus de ces nombreux bons matériels sur la question, cette contribution offre du vécu sur le chemin de l'homme, l'expérience concrète, la joie, et la peine dans des conditions parfois très contraignantes; les choix et leurs conséquences et beaucoup d'autres. Ce petit voyage invite l'audience sur le terrain de l'éducation, à travers les deux écoles ; l'école traditionnelle et celle de la vie; les atouts et les faiblesses, ainsi que les avantages et les inconvénients de la technologie. La persévérance, le doute, le racisme, etc… Dans cette démarche, j'utilise mon parcours, mon enfance, ma scolarité, les obstacles, et les choix qui ont été les miens dans des situations particulières ; chaque passage est utilisé pour parler des manquements et les opportunités en les liant à quelques pousses de motivation et comment faire des choix difficiles sans compromettre l'avenir.

L'ECOLE DE MON ENFANCE

L'école primaire a été une expérience exceptionnelle pour moi ; de la façon dont j'ai été inscrit, du parcours scolaire, la relation avec mes camarades de classe, la douleur de la séparation avec des amis, et beaucoup d'autres souvenirs. Je fais partie de la première génération des intellectuels de ma famille. Mes parents n'ont pas fréquenté l'école ; ils n'ont pas eu la chance de connaître les avantages liés à la lecture et à l'écriture qu'ils souhaitaient pour leurs enfants. Toutefois, en les observant dans la gestion des affaires familiales, leurs rapports et interactions sociales avec les autres, on comprend aisément qu'ils étaient des purs produits de la grande école de la vie parce qu'ils étaient suffisamment outillés pour mener à bien leurs vies avec des valeurs basées sur la culture d'honnêteté, le respect de l'éthique dans la sincérité des relations et la dignité que le travail offre à un être humain par son utilité à la société dont il appartient. Ma grande famille est du quartier Touguiwondy, dans la commune de Matam, Conakry en République de Guinée, et notre concession familiale est située à la corniche sud, face à l'école primaire de Touguiwondy. Touguiwondy est un quartier qui avait beaucoup d'avantages par rapport aux autres quartiers de la Guinée. C'était un quartier des sports et cultures avec plusieurs vedettes qui ont évolué au niveau national et international pour honorablement défendre les couleurs de la Guinée à travers le monde. Mes pensées vont à M. Moussa Camara du Hafia 1977, de Soriba Soumah Kaster du Horoya Club, et du Sily National, de Mamoudou Cegar, Fawouly Soumah des ballets africains, et beaucoup d'autres acteurs qu'il m'est impossible de citer tous individuellement. Touguiwondy, c'était aussi sa célèbre troupe Pèssè des Yakhouba, N'namina Modou, l'artiste et peintre de renommé M. Abou Sylla, Elhadj Elkhaly Mohamed Keita etc. Des journalistes comme M. Yamoussa Sidibé, M. Gassimou Sylla (paix à son âme). Qu'ils soient tous vivement remerciés pour d'énormes services rendus à la nation guinéenne. Le quartier de Touguiwondy avait toutes les infrastructures de base ; des salles de récréation, un terrain de football, une salle de cinéma le Matam, des bars dancings, le cimetière, la sous-préfecture pour les documents administratifs, sa célèbre école primaire de Touguiwondy et beaucoup d'autres infrastructures qui manquaient cruellement aux autres quartiers.

Un jour, lors d'une soirée paisible, lorsque mon père avait jugé que c'était le temps de m'inscrire à l'école, il a pris ma main pour aller rendre visite à M. Karanba, qui était régulièrement à l'école primaire chaque soir pour jouer sa guitare. Un homme élégant et charismatique, M. Karanba, n'était pas le directeur de l'école, mais il était quand même le plus influent grâce à sa personnalité et connexion des milieux politiques et d'affaires.

Quand je suis arrivé à l'école avec mon père vers sept heures du soir, M. Karanba était déjà avec sa guitare. Après les salutations traditionnelles entre les deux adultes, mon papa s'est exprimé sur l'objet de notre visite à son hôte du moment en ces termes : « Karanba, j'ai besoin de ton aide pour inscrire mon enfant à l'école cette année ». M. Karanba a répondu en disant, « Oh Elhadj il n'y a plus de place ». Mon père n'a pas du tout accepté que cette belle conversation qui venait tout juste de commencer se termine aussitôt. Autrement dit, il a refusé de capituler devant le « non » comme réponse finale. Ainsi, il a répliqué en disant : oui Karanba, je sais qu'il n'y a pas de place, mais même si c'est dix élèves que vous voulez inscrire cette année, ils vont tous commencer demain. Cette phrase a créé un beau sourire aux lèvres du maître Karanba et sa réponse en ces termes : « Ha… Elhadj, il pourra venir me voir demain. Le lendemain je me suis présenté à l'école pour voir maître Karanba, qui m'a immédiatement montré la classe où je devais commencer mon destin scolaire.

LE RESPECT DE LA PAROLE DONNEE

C'était une époque où la parole donnée était sacrée pour une bonne partie des chefs de famille, car elle avait une valeur ; les gens préféraient le respect et la dignité à l'argent. Cet amour pour l'éthique et la morale en matière d'échanges des biens et des services était largement partagé dans la communauté. Nos ancêtres n'avaient pas trop de soucis en ce qui concerne la bonne foi des interlocuteurs et leurs capacités à respecter leurs paroles données. C'est pourquoi très peu d'accords étaient documentés ; tout était près que basé sur des engagements verbaux. Rien n'était écrit quelle que soit la nature du contrat, le volume des transactions commerciales, ou le pacte social à remplir. *Les grands hommes se définissent par leur fidélité et capacité à honorer la parole donnée.*

LE POIDS DES BONNES PAROLES

Cette conversation entre mon père et l'instituteur M. Karanba que j'avais suivie avec une attention soutenue m'a enseigné assez de choses malgré mon jeune âge. Elle m'a montré que tout ne se facture pas, que la bonne manière compte beaucoup, que les hommes peuvent sacrifier des intérêts pour être reconnus, que l'être humain veut être important, que l'argent n'est pas tout, et que le manque d'argent n'est pas forcément un obstacle infranchissable qui peut bloquer les rêves; que ce sont des idées qui créent la richesse. Elle m'a enseigné que le mot « non » n'est que le début des négociations pour celui qui est déterminé à avoir ce qu'il veut.

Mon premier jour à l'école primaire de Touguiwondy a été une école de la vie qui m'a donné ce que les écoles primaires n'offrent pas à leurs élèves. Ma fierté est grande pour mon père, qui n'avait jamais été scolarisé; pour sa capacité de négociation et son habilité à obtenir en quelques minutes par une seule phrase ce qui demandait beaucoup d'efforts et des ressources financières aux autres parents instruits, mais sans talents en matière de négociation et de connaissance du comportement des êtres humains. Ce jour, j'ai compris que l'argent n'est pas la solution à tous les problèmes, contrairement à ce que certains pensent.

L'ENFANT POLTRON

Avant que je n'aie l'âge de fréquenter l'école primaire, mes parents m'avaient inscrit dans une Madrasa qui servait de maternelle pour nous. Sur le chemin de l'école, pas loin du lycée Matam, il y a la concession de la grande famille d'un de mes amis dont je préfère garder le nom pour éviter les moqueries des indiscrets [sourire]. Cet ami d'enfance que j'admire beaucoup qu'on va nommer ici Grand M, habitait dans leur grande cour qui est parallèle à celle de mon oncle maternel, Aboubacar Camara qu'on appelait « En-tout-cas » parce qu'il répétait ces trois mots fréquemment.

Grand M, était très turbulent et avait beaucoup d'influence sur les enfants de son âge y compris moi-même. Il ne fréquentait aucune école au moment des faits, mais il était toujours matinal et connaissait l'heure à laquelle on quittait l'école le soir pour la maison. Or, il avait pris l'habitude de m'attendre au même endroit pour confisquer ma collation et les pièces de monnaie que ma mère me donnait pour la journée. Les pièces de monnaie que je ne pouvais pas du tout utiliser parce qu'il fallait les garder pour payer la clémence lors de la rencontre avec Grand M. Voilà pourquoi à la recréation, bien que j'eusse des pièces en poche, la faim dans le ventre, des galettes et des sandwiches disponibles à vendre, techniquement à ma portée, mais au moment où tous les autres enfants s'achetaient à manger, quant à moi, c'est la vie de l'homme riche au ventre creux parce que la peur qui était mon fidèle compagnon me faisait croire que cette somme que j'avais physiquement en poche n'était pas la mienne parce qu'il fallait choisir entre la collation et le prix d'une paix provisoire. Je n'avais pas le courage de dire à la maison ce qui m'arrivait tous les jours sur le chemin de l'école par peur des représailles de Grand M. Cette situation est une expérience que beaucoup d'enfants de ma génération partagent. Je suis sûr qu'à la lecture de ce passage certains amis lecteurs qui ont vécu une situation similaire vont se rappeler de leur mésaventure de la sorte transformée en petit secret d'enfance. On consommait plusieurs saletés en dehors de la maison sans avoir le courage de partager le petit secret qui ronge le cœur en acceptant de souffrir en silence parce qu'en réalité à cette époque, très peu de parents avaient la technique de faire parler leurs enfants à la maison, et moins encore essayaient de pousser la curiosité pour connaître comment ils passaient leurs journées à l'école, ce qu'ils faisaient , ou qui ils rencontraient au cours de leurs trajets habituels, donc cette complicité étant absente, la marge de manœuvre était très réduite pour s'expliquer ou de se confier à un aîné puisque ce cadre de complicité entre les enfants et les adultes était quasi inexistant. C'est ce qui donnait du confort à de tels abus dont la durée est soumise à la gentillesse du hasard pour le choix du jour de libération.

LE JOUR DU SALUT

Un jour, fidèle à sa routine, Grand M m'avait encore barré la route pour me demander de lui donner mes avoirs, mais malheureusement pour lui, c'était face à la cour de mon oncle, et il y avait nos ainés qui jouaient à côté, y compris Ibrahim Diallo (paix à son âme), le grand frère du Guinéo Belge, l'ancien champion de boxe Béa Diallo dont la famille habitait dans la concession de mon oncle « En-tout-cas ». Alors, dès que Grand M a commencé à me harceler, j'ai demandé au grand frère Ibrahim d'intervenir. Ce dernier m'a tout simplement interrogé, « C'est lui dont tu as peur? Il est très faible; tu peux le battre. ».

Cette phrase était tout ce dont j'avais besoin pour me libérer de l'abus de ce tyran agaçant. Avant même qu'Ibrahim ne finisse sa phrase, j'ai fait un croche-pied à Grand M pour lui soulever le plus haut que toute ma force pouvait me permettre, puis lui a fait subir une chute dure jusqu'au sol. Grand M a eu du mal à se relever pour courir jusqu'à chez lui en pleurant, avec des injures proférées contre nos aînés qui avaient assisté à l'événement.

Quant à moi, c'était la fête, mes amis qui étaient tous fatigués de la situation et les aînés qui le voient comme un enfant trop audacieux, m'acclamaient. Ma liberté de ce harcèlement était devenue totale; Grand M m'avait encore essayé quelques jours après quand nous nous sommes rencontrés en solitaire, mais très vite il s'est rendu compte que la liberté une fois conquise, l'opprimé fera tout pour la garder. Nous étions finalement devenus de bons amis, parfois inséparables. Encore aujourd'hui Grand M est l'un de mes meilleurs amis d'enfance. À chaque fois qu'on évoque cet épisode et cette période de la vie, c'est de la joie, des moqueries amicales, et des rires interminables qui nous versent dans les souvenirs d'une belle enfance.

LA PEUR TUE LES RESSOURCES PERSONNELLES.

La grande leçon à tirer de ce petit passage est la source de motivation, l'importance de pousser les gens à tirer le maximum d'eux-mêmes, les leviers du courage, le poids des paroles, et l'immense rôle négatif que la peur joue dans notre vie. J'avais en moi à la fois tout ce dont j'avais besoin pour me libérer, et en même temps, rien du tout, car l'élément essentiel — le courage susceptible de réveiller tous les autres paramètres de l'énergie — était le captif de la peur qui était le maître de mon cerveau avec des images négatives imaginaires comme prix à payer dans le cas où je tentais de me défendre.

Lorsque quelqu'un se déplace au-delà des frontières de la peur, il devient une personne libre et épanouie. Cela ramène à la confiance en soi, la capacité de croire que c'est possible avant même d'essayer. Ce concept est tellement important qu'il s'applique à nous dans tous les domaines de la vie, il est plus que nécessaire de voir la vie comme une possibilité, cela devient une attitude qui facilite la perception et la résolution des problèmes.

C'est la situation similaire qui empêche plusieurs personnes à entreprendre une activité génératrice de revenues ; ça devient difficile de prendre les premiers pas lorsque la peur est le fidèle compagnon, parce qu'au lieu de penser au bon résultat de l'action, c'est le film de l'image d'un perdant qui passe dans l'esprit.

La peur crée un puissant doute qui projette des illusions contraires à la réalité, donnant ainsi la photographie d'une situation exagérée du mal qui n'existe pas. Très souvent elle gagne quand on écoute les gens qui ne peuvent rien faire pour eux-mêmes, mais qui sont experts en tout. Ils savent démontrer comment le projet que vous tenez à cœur peut échouer, mais sans aucune idée comment réaliser le moindre projet eux-mêmes. Ce genre d'amis experts n'ont aucune place autour de nous, et par conséquent, ne doivent pas avoir l'occasion de donner leur avis sur ce que vous souhaitez réaliser.

ON NE DIT PAS TOUT A TOUT LE MONDE

Un bon entrepreneur ne parle pas de son projet à tout le monde. Tous ceux qui ne vous aident pas à avancer contribuent à vous retarder. Vous n'êtes pas n'importe qui, alors n'acceptez pas n'importe qui de dire n'importe quoi de votre idée positive sinon vous finirez par abandonner l'idée sans jamais avoir le désir de commencer.

Le bon Dieu vous a donné une bonne idée pour une bonne raison ; il n'attend que vos premiers pas pour matérialiser le rêve qui vous tient à cœur. Ne cherchons pas des excuses, mais des résultats. Commettre des erreurs est la meilleure formule d'apprentissage. Il ne faut jamais accepter que les rêves et les ambitions soient emprisonnés par la peur de commettre des erreurs, ou par honte projetée par les moqueries des gens par suite d'un échec. Cette attitude dirige vers l'inaction qui empêche la transformation des rêves en réalité.

Seule l'action paye

La vie a ses règles, son système d'évaluation et des récompenses qui sont favorables à des actions, et souvent en fonction du degré de risque. Les bonnes initiatives et intentions ne deviennent importantes que lorsqu'elles sont suivies d'effets et d'actions qui matérialisent leurs existences, alors nous devons accepter de prendre des risques calculés. Il n'y a pas de succès sans douleur, amertume, ou déceptions ; cela est le prix à payer pour la réussite que j'appelle le coût du bonheur. De plus, ce prix peut très vite se transformer en chaos lorsqu'il est appliqué aux gens qui abandonnent avant d'atteindre leurs objectifs qu'ils se sont assignés au départ, le rêve qu'ils visionnent, la raison de l'engagement initiale, donc tout dépend de notre perception, et le degré du désir à obtenir ce qu'on veut. Le nom change en fonction du choix du moment. Lorsqu'on commence une activité, au cours de l'exécution d'un rêve, il y a toujours ce prix qui est attaché à l'action ; la définition du nom dépend de la manière de finir la course. Le coût du succès pour les uns et le coup chaos pour les autres.

Il faut tenter et perseverer

On ne perd jamais pour avoir tenté ; en revanche, on perd tout lorsqu'on ne se donne pas la chance de tenter une expérience ou une aventure parce que quelle que soit la façon de finir une épreuve, on n'est toujours récompensé pour avoir eu le mérite de commencer. Soit on a ce qu'on veut suite aux nombreuses épreuves vaincues par le courage et la persévérance, par conséquent on vit le rêve en réalité, soit on n'a pas ce qu'on veut, et on quitte le chemin avec une expérience qu'on peut partager aux autres qui souhaitent tenter l'épreuve similaire; peut-être qu'ils ont le courage qui vous manque et peuvent utiliser vos manquements et erreurs pour éviter celles qui ont été les raisons de votre échec parce que ce n'est généralement pas les plus doués qui réussissent dans la vie, mais plutôt les plus persistants qui ne capitulent pas devant un obstacle ; ceux qui croient à la possibilité, qui pensent que c'est réalisable, et acceptent de prendre des risques calculés. Les gens qui trouvent des opportunités en tout défi.

Il ne faut pas trop craindre de prendre des risques calculés. *Celui qui craint de tomber ne va pas connaître le plaisir du vélo ; tout comme celui qui a peur de zéro n'aura pas 10 parce qu'ils n'ont pas le courage d'essayer.*

NOTRE TEMPS

Nous avons la chance de vivre trois périodes ; les riches, pauvres, jeunes, vieux, vilains ou beaux. De ces trois temps il n'y a qu'un seul qui nous appartient, un seul qui nous donne la chance, un temps qui est complètement différent des deux autres qui sont similaires en nature. Notre temps, c'est le présent, aujourd'hui. Le passé et le futur ne sont vécus que dans la pensée, dans l'imagination d'où leur similarité. Nous n'avons aucune possibilité de changer le passé ; toutefois, les meilleurs d'entre nous peuvent l'utiliser comme référence et des leçons tirées des erreurs et expériences pour mieux faire leur présent afin de projeter un futur meilleur. Cet exercice est une bonne approche qui garantit un résultat positif nettement supérieur à ceux des gens qui ne prennent aucune note des manquements de leurs passés, car il a été prouvé que la meilleure manière de changer le résultat d'une pratique est de changer les méthodes et les processus habituels.

La gestion du présent, le choix des actions et des décisions à prendre sont extrêmement importants pour la suite de la vie parce que ces éléments deviennent la source du destin pour le futur ; autrement dit, des choses qui vont vous arriver sans que vous ne soyez en position de changer quelque chose au cours des événements. Alors, le message pour la jeunesse ici est de comprendre qu'*il est bien de s'amuser et de profiter pleinement de l'énergie et des opportunités liées à la force et la folie de l'immaturité, mais il faut toujours garder à l'esprit qui vous êtes, et ce que vous voulez devenir demain car certaines erreurs du présent peuvent être des obstacles infranchissables pour le bonheur de demain.* À cet effet, *il faut faire attention aux actes posés car certains comportements d'aujourd'hui peuvent devenir des obstacles infranchissables pour le rêve du futur.* Il y en a aujourd'hui beaucoup de personnes sur la scène politique et des milieux sociaux qui dépensent des fortunes pour se réinventer et nettoyer certaines images de leurs passés dont la présence est devenue une grosse tache visible qui handicape leurs chances de briguer des postes de responsabilité de leurs rêves, ou limite leurs possibilités d'intervenir sur certains sujets sans qu'ils ne soient rattrapés par leurs erreurs et pauvres choix de la jeunesse.

Le présent est ce que nous avons, notre propriété dont la gestion est susceptible de produire le résultat qui nous permet de vivre la vie de notre choix pour l'avenir.

LE PARFAIT TEMPS N'EXISTE PAS

Si nous attendons d'être riches pour faire du bien, ou attendre jusqu'à ce que l'on ait tout ce qu'il faut pour commencer une bonne œuvre, c'est que nous avons encore besoin d'apprendre de la notion du bien et du temps. Le meilleur des dons n'est pas forcément matériel, et le temps que nous sommes en train d'attendre est complètement imaginaire parce que ce qu'il n'est pas réaliste de parier sur ce qu'on ne contrôle pas. Parfois de simples sourires ou des mots d'encouragement sont les seuls éléments que les autres attendent de nous. Parfois ce que nous pensons être très peu, peut être très signifiant chez les autres, alors n'acceptons pas le doute entre les bonnes intentions et des actions à réaliser. Acceptons de faire et donner la chance aux autres d'apprécier.

Il faut éviter des plans sophistiqués pour entreprendre, ou le parfait moment, parce que c'est dans l'apprentissage et les erreurs qu'on peut apprendre et obtenir ce dont on a besoin pour avoir la bonne visibilité de l'orientation qui convient pour atteindre les objectifs des activités entreprises.

Je ne vois aucune perte des bonnes actions même mal appréciées ; cela ne peut que donner la chance de s'améliorer. Il faut commencer quelque part pour mieux comprendre la direction appropriée. Toutes les belles aventures commencent par un premier pas. Le risque zéro n'existe pas ; le risque calculé ne veut pas dire perfection. La vraie connaissance s'acquiert dans l'exercice et des erreurs.

DÉFINIR LE POURQUOI

Il est important de connaître d'où vous êtes avec une bonne visibilité sur la destination. Toutefois, même avec ces deux ingrédients indispensables, le succès n'est accompli qu'avec la bonne connaissance de la raison du départ. Pourquoi ? La raison qui vous motive à vous engager. Si la réussite était facile, plusieurs personnes seraient en train de vivre la vie de leurs rêves. La réalité peut être complètement différente de l'imagination. La nature peut être parfois insolente et injuste par suite de l'animosité impitoyable de certains acteurs en business. Il arrive qu'on soit face à des difficultés qui nous amènent à nous interroger sur le bien-fondé de l'action, et le doute peut envahir le domaine de la pensée de nature à perturber le focus sur l'essentiel. C'est à ce moment-là que le pourquoi devient un support important qui permet de continuer la course en bravant toutes les difficultés et défis du moment.

Lorsqu'on sait pourquoi on fait ce qu'on fait, à chaque fois qu'on est face à des situations difficiles qui découragent, cet élément magique qui tient la conscience va apparaitre pour nous aider à continuer la marche. Ainsi, s'engager très tôt après avoir analysé certains paramètres est une bonne chose, mais pas avant d'avoir bien défini la vision, l'objectif mesurable à atteindre, et la méthode pour y arriver. Le reste ne doit pas souffrir de longue période de réflexion et des attentes interminables à la recherche du temps idéal parce que celui-ci n'existe pas. Il faut prendre l'action et poser des actes ; c'est ce qui fait la différence entre les leaders et les suiveurs.

LE LEADERSHIP

Incarner le leadership ne veut pas forcément dire être le plus intelligent ou le plus instruit d'un groupe donné, ni être celui qui possède le plus de diplômes; être un leader c'est avoir une vision claire de ce qu'on veut accomplir; c'est poser de bonnes questions et avoir la capacité de faire travailler les plus intelligents ensembles. Il ne s'agit pas de tout savoir, mais bien de connaître et savoir coordonner la participation de plusieurs personnes qui sont meilleures ou spécialistes dans des domaines spécifiques.

Un leader c'est une personne qui pose de bons jugements et fait les meilleurs choix possibles même dans les circonstances difficiles qui génèrent de la passion et de fortes émotions, parce qu'il utilise à bon escient sa capacité d'écoute, ce qui lui permet d'obtenir la collaboration des gens sous sa responsabilité.

Plusieurs personnes croient à tort que le niveau d'études est synonyme de bon jugement parce qu'on ne fait pas de distinctions claires entre l'éducation et l'instruction. Nous présumons que dans nos écoles traditionnelles, l'un va de pair avec l'autre, sans soupçonner que la noble mission d'inculquer le bon sens a été perdue au fil du temps. L'éducation telle qu'on la reconnaît au sens général est façonnée par les intérêts du système et par une compétition parfois malsaine de priorisation de la profitabilité des institutions scolaires.

LE ROLE DE L'ECOLE

L'école contribue à l'instruction des étudiants. Elle aide à préparer l'élève en mettant à sa disposition des outils pédagogiques lui permettant de lire, d'écrire, d'apprendre des connaissances et d'évaluer le niveau des connaissances apprises par rapport à l'aide d'un système d'examens et de bulletins qui permettront de connaître la quantité d'informations apprises par rapports aux données qui ont été mis à disposition. Mais l'éducation se passe d'abord en famille, dans le quartier, dans l'environnement qui abrite l'enfance. L'enfant est sujet aux valeurs et principes de la société dans laquelle il évolue et surtout aux exemples, bons ou mauvais, qu'il voit autour de lui pendant son adolescence parce que l'esprit est beaucoup plus ouvert à l'absorption des idées qu'au jugement de valeur.

Dans des conditions normales, le niveau élevé des études doit pouvoir aider à développer le niveau de réflexion et agrandir la capacité d'analyse. Mais cela dépend de la nature des sujets étudiés, la foi et les principes qui gouvernent la mentalité de chacun. Lorsque l'instruction est en parfaite combinaison avec l'éducation, le niveau d'études peut être un atout majeur, mais *le plus diplômé n'est pas forcément celui qui fait les meilleurs choix.*

Nombreux sont des leaders qui continuent de marquer le monde sont des gens avec des niveaux d'études modestes ou très bas. Bien qu'en théorie on puisse difficilement reconnaître ou comprendre leurs compétences de leaders, force est de constater qu'ils sont généralement bien éduqués, suffisamment aguerris et très talentueux en matière de gestion des ressources humaines. Ils connaissent très bien la nature humaine, et son mécanisme de fonctionnement ; d'où leur habilité à obtenir la participation des gens sans avoir recours à trop d'efforts. Il est facile de faire travailler les gens volontaires ensembles, mais ce défi devient très important lorsqu'il faut mettre en place une équipe multidisciplinaire composée des personnes intelligentes et instruites qui ont des cultures et des écoles de pensées différentes. Les leaders ont la clé de ce secret parce qu'ils ne cèdent pas facilement à l'émotion.

MES ENNUIS A L'ECOLE

Dans un quartier dominé par le sport et la culture, il était difficile pour les enfants, souvent les aînés dont les parents ne sont pas instruits, de se concentrer sur les études. Ils pouvaient facilement tromper la vigilance des parents et passer plus de temps sur des activités récréatives que celles liées au cheminement scolaire. Comme par exemple, j'ai moi-même été parmi ces enfants qui ont connu beaucoup de distractions et j'ai accordé plus d'attention aux activités sportives que scolaires.

LE RETARD EN SIXIEME

Mon père était un vieillard affaibli par sa maladie. Par conséquent, il ne pouvait pas efficacement jouer son rôle d'encadreur à la fois amoureux et rigoureux qu'il avait toujours été. Mes débuts n'ont pas été faciles, mais je tenais beaucoup à mes amitiés. Mes amis, malgré certaines distractions, ont cheminé sans retard à l'école primaires. Ils ont été promus à la fin de chaque année. Cependant, en ce qui me concerne, malgré ma présence assidue en classe, j'ai rencontré des difficultés en sixième année avec deux échecs. Mes amis étaient maintenant en avance sur moi. Leur tenue scolaire avait changé pour le kaki pendant que j'arborais encore le bleu marin, qui traçait une nette distinction entre les petits du primaire et les grands du collège.

AU SERVICE DE L'AMITIE

Le programme d'études de mes amis avait changé, ils terminaient la journée à quatorze heures tous les jours ouvrables. De mon côté, la portion matinale des classes se terminait à midi, ensuite je revenais à l'école à 15 heures avant de boucler à 17 heures. Animé par un ardent désir d'entretenir mes amitiés malgré l'écart de niveau, chaque fois que midi sonnait la fin de ma matinée, je demandais à ma mère de me donner de l'argent pour acheter des gâteaux et des jus pour mes amis finissaient 14h. Je me suis livré à cet exercice presque tous les jours quand mes amis venaient de commencer leur cycle du 1er Mars collège, l'actuel Lycée Matam.

UNE LEÇON EN AMITIÉ

Malheureusement, cette relation d'amitié à laquelle je tenais énormément n'avait plus la même signification pour mes amis; certains n'étaient pas à l'aise avec ma tenue, la folie d'un sentiment de supériorité aidant, et d'autres voulaient tout simplement se dévouer sérieusement aux études avec ce nouveau calendrier auquel ils devraient s'adapter; ainsi, de plus en plus je notais une méfiance qui s'installait entre nous, et mes amis s'étaient également fait de nouveaux amis. Le temps de fréquentation que nous partagions s'était réduit comme une peau de chagrin.

Il y a un proverbe qui dit : "pour changer sa vie, il faut changer d'amis,"sous-entend qu'un aigle, par exemple, ne peut être un bon compagnon pour un poisson, car leurs environnements sont très différents. Il y a une certaine vérité dans tout ça: quand vous voulez évoluer, certains amis souhaiteraient que vous restiez à leur niveau, sans comprendre vos nouveaux défis qui nécessitent une évolution. Or, à cette période cruciale de la vie, la volonté de garder une amitié ne doit pas être un handicap à l'exécution des programmes liés aux nouvelles obligations qui construisent le futur.

J'avais compris le message. Il a été l'une des meilleures leçons que l'école primaire m'a données. Ce fut, une fois de plus, une leçon qui ne s'enseigne pas dans les cours. Je dois admettre qu'à l'école primaire, j'ai connu une scolarité difficile dépourvue de discipline appliquée et la rigueur nécessaire pour les devoirs était absente à la maison. Parce que mes parents n'avaient pas eu la chance de fréquenter l'école, leur seule préoccupation réelle était à ma présence physique à l'école ; c'est ce qu'ils utilisaient comme critère d'évaluation du sérieux que j'accordais à mes études, sans savoir que le succès académique d'un enfant est la résultante d'une discipline dans les deux milieux, l'école et la maison. Les devoirs à la maison sont essentiels pour le succès de l'enfant, cependant, puisque mes parents ne connaissaient pas l'existence des devoirs devant être fait à la maison, j'avais l'excuse facile pour sortir de la maison au lieu de me concentrer sur mes responsabilités scolaires. Alors dès que je quittais l'école, les cahiers étaient rapidement laissés à la maison et je prenais la route pour aller à la rencontre de mes amis pour une partie de football.

Le changement de comportement de mes amis envers moi à ce moment était très difficile à accepter, et parfois incompréhensible parce que de mon côté, je n'avais aucun mal à continuer d'entretenir une relation d'amitié avec eux malgré la différence de niveau scolaire. Mais contraint par la réalité du moment, je respectai leur choix.

LE COURAGE D'ACCEPTER L'EVIDENCE

Il est plus facile de changer son propre comportement que celui d'autrui; lorsqu'on comprend, dans une relation, quelle que soit sa raison, la sagesse conseille de réévaluer la situation et d'ajuster nos objectifs vers une nouvelle orientation. À cet effet, j'ai fini par accepter mes nouveaux amis de bon cœur et avec respect. Parfois, ils étaient les petits frères de certains de mes anciens amis. L'école est devenue ma priorité, le sport et la culture, de distants seconds. Mes nouveaux amis ont contribué à ma joie de vivre et à mon amour de l'école. Cette même année, j'ai eu la chance de rencontrer un grand ami, Aboubacar Sidiki Conté, dit Amaral, le fils de feu Elhadj Yamoussa Conté. La famille

Conté venait de déménager de Kaloum, à Touguiwondy. Amaral était en 3e année (au collège) alors que j'étais en 6e. Nous sommes devenus des amis inséparables, et son amitié m'a beaucoup apporté. Il est mon aîné de deux ans, mais nous étions et sommes encore aujourd'hui de très bons amis malgré la distance qui nous sépare actuellement. J'ai appris beaucoup avec lui, son esprit de pardon, sa flexibilité et son sens des responsabilités ont été des exemples très bénéfiques pour moi. De surcroît, Amaral a très bon goût pour les belles tenues. Ses habits sont toujours soigneusement sélectionnés.

LA DECEPTION

Dans toute déception reposent de bonnes leçons qui ne peuvent pas être obtenues avec une réussite ou une victoire. Cependant, très souvent la douleur des émotions qui accompagnent une défaite est tellement forte qu'on s'évertue à blâmer les autres et leur faire porter la responsabilité de notre désarroi. C'est ce comportement qui nous éloigne des bienfaits des leçons enseignées par l'école de la déception. *Qu'on parle de déception, de perte, de rupture ou même de divorce, sachez qu'il ne s'agit que d'un obstacle sur le chemin de votre destin. Ce n'est pas votre destination, alors ne vous laissez pas abattre par les circonstances malheureuses de la vie.* La vie est comme un cours d'eau qui trouve son chemin entre les roches. Ceux d'entre nous qui, au lieu de blâmer les autres, acceptent pleinement leurs responsabilités face à ces défis, se posent de bonnes questions et trouvent de bonnes réponses à leurs problèmes. Par conséquent, ils prennent la responsabilité de changer leur façon de faire pour mieux faire. Du coup, il est beaucoup plus facile de changer ses propres habitudes que celles des autres. Ce qu'on ne contrôle pas ne dépend pas de nous, alors il est mieux de concentrer nos énergies sur nos erreurs afin de trouver des solutions à nos problèmes. Blâmer les autres est une dépense inutile d'énergie et nous ferme à d'éventuelles opportunité. Après avoir été rejeté par mes amis, j'avais le choix de les blâmer pour leur comportement mais cela n'aurait pas changé le résultat. Au contraire, de m'entêter à leur faire porter le blâme aurait simplement contribué à entretenir mon désarroi sans y trouver de solution.

LA RESPONSABILITE PERSONNELLE

Lorsqu'un évènement déplorable se produit, il faut se poser les bonnes questions. Au lieu de vous demander, « Pourquoi m'ont-ils fait ça ?», une question à laquelle on ne trouvera probablement pas de réponse constructive, posez-vous plutôt cette question : « Qu'est-ce que je peux faire pour éviter qu'une situation semblable se reproduise ? ». Ainsi, avec cette attitude, nous nous orientons vers le futur puisqu'on ne peut pas changer le passé ; le passé n'est pas un brouillon qu'on peut raturer et modifier à notre gré. Autrement dit, entretenir des pensées à propos d'un passé que vous ne pouvez pas effacer ne contribue qu'à vous garder figé dans une inertie improductive. Il est parfois bon de regarder en arrière pour apprendre des leçons du passé, mais on ne peut pas conduire une voiture en gardant les yeux rivés sur le rétroviseur. Ainsi, les questions doivent être orientées vers le futur qui peut être influencé et amélioré seulement par les décisions et choix du présent. Comme mentionné plus tôt, le futur et le passé sont de natures très similaires parce que les deux sont abstraits et ne peuvent qu'être "observés" dans notre imaginaire. Il est impossible de concrètement les changer. Le présent est tout ce que nous avons. Le passé a tout de même une place importante puisque de lui, on tire des leçons qui constituent notre expérience. Il est un outil qu'on peut utiliser à bon escient pour construire un meilleur futur. L'expérience peut aider à prendre de bonnes décisions et à mieux anticiper les résultats des décisions que nous prenons au présent.

L'école traditionnelle et celle de la vie ont des méthodes d'évaluation différente lorsque vient le temps de mesurer nos apprentissages. L'école traditionnelle nous évalue en fonction de notre capacité à intégrer et à appliquer la théorie enseignée en classe. En revanche, l'école de la vie mesure plutôt nos résultats et notre capacité à apprendre du passé. Cependant, les leçons de notre passé, tout comme la théorie enseignée dans nos écoles traditionnelles, demandent une prise de notes. Que nos notes soient mentales ou écrites, il faut être capable d'observer notre environnement et les facteurs ayant contribué à nos échecs ou nos succès. Il faut être attentif et prêt à investir du temps dans le processus d'introspection et d'analyse que demandent ces situations. Ayant été ouvert aux apprentissages des deux écoles dès mon jeune âge, je considère que ma première leçon consciente a été d'être témoin de la démarche que mon père avait utilisée pour m'inscrire dans le système éducatif guinéen.

LA PRISE DE CONSCIENCE

P ropulsé par mon extraction du groupe d'amis qui m'étaient si chers, mon intérêt pour les études grandissait de jour en jour. Devoir recommencer ma sixième année fut une prise de conscience et une motivation indéniable. Plus de place pour le doute. Mon désir ardent de quitter le primaire était également influencé par l'envie croissante de changer cette tenue que j'enfilais tous les jours, j'avais porté ces vêtements bleu marine assez longtemps, j'en devenais. Il était temps de passer au kaki.

Dès le premier trimestre de cette année marquée par mon éveil de conscience, mon nom, qui était jadis difficile à retrouver sur la liste des performances académiques exemplaires, était désormais parmi les trois premiers. J'abordais mes examens avec confiances au lieu de craindre constamment d'échouer. Cette notoriété que je n'avais jamais connue auparavant contribua à renforcer mon goût pour les études. J'ai finalement réussi mon année sans surprise, avec mention honorable, — et beaucoup d'estime de mes nouveaux amis.

CE QUE CACHE LA PEUR

L a peur est l'ennemi numéro un de la réussite, mais, en mon expérience, ce qui est réellement à l'origine de cette peur, c'est le manque de préparation. Lorsque nous sommes mal préparés, l'anticipation d'un résultat négatif nous préoccupe et le doute s'immisce en notre esprit parce que la mauvaise préparation sert de justification logique pour notre esprit qui entretient notre doute quant à notre capacité de réussir. Lorsque nous prenons le temps et la peine de suffisamment nous préparer pour aborder une épreuve de la vie, la peur cède automatiquement sa place à l'enthousiasme et l'espoir de réussir.

MES DEBUTS AU COLLEGE

Dès la rentrée au collège, j'étais heureux de retrouver mes anciens et mes nouveaux amis et surtout mon ami Conté. Parce que j'avais dû redoubler deux fois à l'école primaire, je considérais n'avais plus droit à l'erreur, alors je travaillais beaucoup plus ardemment. Mon vocabulaire de mots français devenait de plus en plus vaste, et je n'hésitais pas à demander l'aide du professeur de français pour m'aider à comprendre certains mots difficiles. J'étais très conscient de mon besoin d'amélioration en français, et je m'efforçais de combler mes lacunes avec l'aide de livres de conjugaison.

Ma génération a étudié en langue nationale; le susu était celle pratiquée à Conakry ainsi qu'à notre école primaire de Touguiwondy. Ainsi, chacun devait fournir plus d'efforts afin d'être mieux préparé pour les leçons dispensées en français à partir de la classe de 4e année. Enrichi par des leçons tirées de mon passé, il était évident que je ne pouvais compter que sur moi-même en matière de révisions à la maison parce que mes parents n'étaient pas assez préparés pour m'aider.

Propulsés pas cet engouement pour les études qui nous suivait depuis le primaire, mes nouveaux amis et moi avions décidé de passer les examens d'admission pour le brevet d'études du Premier Cycle au lycée. Nous les avons passés sans difficulté alors que certains de mes anciens amis en étaient à leur seconde tentative sans succès. Plusieurs d'entre eux avaient même choisi d'abandonner les études à ce moment-là.

J'étais bien entouré de mes amis d'école. Nous avions formé des groupes de révisions. Nous prêtions main-forte aux membres de notre groupe qui avaient plus de difficulté et nous aidions même les amis et les plus jeunes de notre quartier. Nous couvrions différentes matières dans les sciences les sciences exactes à savoir les mathématiques, la physique, et la chimie. Notre ami **Bamory Léno** (paix a son âme) était le plus intelligent et disponible du groupe. Malgré nos nombreux programmes de révisions, il avait toujours le temps pour plusieurs groupes de jeunes. Mon petit frère Lamine Camara (l'architecte de renom en Guinée) était son ami inséparable puisqu'il était toujours avec nous. Tous les membres du groupe étaient devenus étudiants à la fac.

LA RÉUSSITE ÉCLIPSE LES DIFFICULTES

Dans tout ce que nous faisons dans la vie, c'est la fin qui compte en fin de compte; quand on finit bien un projet, avec un peu de recul, les difficultés qui ont conduit au résultat semble s'estomper, quelle que soit la façon dont nous avons commencé, ou le nombre d'échecs, d'obstacles, ou de circonstances malheureuses.

Les personnes qui réussissent et brillent dans leurs domaines de compétence, sont celles qui échouent plusieurs fois avec des milliers de tentatives, mais le monde ne se souvient que des parties qui illuminent leurs talents et des actions qui engendrent le succès.

On dit très souvent que l'échec est orphelin, mais la victoire a plusieurs parents. Quand on voit quelqu'un qui a réussi, l'apparence donne l'impression qu'il a commencé il y a seulement quelques jours avant d'arriver au résultat exposé et connu du grand public, mais la réalité est que sous la couverture du succès se cachent plusieurs épreuves difficiles et pas mal de déceptions. C'est la persévérance et la détermination à ne pas abandonner qui aident à maintenir le cap malgré les coups durs afin d'arriver à la destination souhaitée.

Dans la vie, les situations difficiles arrivent à tout moment, mais la façon de gérer une situation est plus importante que la situation elle-même. Un coureur qui tombe ne montre pas un fait nouveau aux spectateurs, mais la vitesse avec laquelle il se relève pour continuer la course peut donner de bons indices sur sa détermination et sa capacité à finir la compétition.

La responsabilité individuelle est importante dans la vie. Quand les choses deviennent difficiles, il est très facile de pointer les autres du doigt pour nos erreurs et de fuir la responsabilité. Malheureusement, ce comportement ne résout aucun problème. La seule façon de résoudre un problème est de l'accepter nos erreurs, évaluer la situation et apporter les correctifs nécessaires. La recherche de coupables est une méthode pour trouver les problèmes là où il n'y en a pas, cette dernière mène généralement à la répétition des erreurs et nous dirige inéluctablement vers un l'échec total. Il arrive qu'on soit découragé par nos propres erreurs, mais il faut garder espoir, relever la tête et croire au destin... Et ne jamais accepter « non » comme réponse finale. L'avenir vous offrira encore maintes chances de réussite. Après tout, demain appartient à ceux qui gardent la foi.

ON APPREND DIFFEREMMENT

Chacun évolue en fonction du rythme qui lui est propre. Il y a des enfants qui sont brillants quand ils sont jeunes, mais qui rencontrent des difficultés quand ils avancent en âge. D'autres cependant, connaissent une enfance ou un parcours scolaire difficile, mais développent de la facilité lorsqu'ils se réveillent et découvrent le goût des études ou encore lorsqu'ils découvrent quelque chose qui les passionne. Si vous êtes de ceux qui ont connu un parcours scolaire difficile, ou qui ont choisi d'abandonner votre scolarisation, il ne faut pas se laisser hanter par les mauvaises mémoires de l'école ni être trop dur avec soi-même. Ces mauvais souvenirs, lorsqu'on leur accorde trop d'importance, deviennent des obstacles à la vie. De même, ne vous souciez pas de ce que peuvent penser les autres à votre égard. Nous n'avons que faire des regards lourds, bavardages, ou potins des gens du quartier, des voisins, et d'autres moqueurs de circonstances. Leurs perceptions et points de vue sur qui vous êtes ou comment vous devez agir leur appartient et ne vous regarde pas.

Votre esprit et vos efforts doivent être orientés vers des choses positives. Le positivisme est essentiel pour créer des projets et les faire avancer dans la bonne direction. Investir temps et énergies dans les bonnes choses vous aidera à améliorer votre niveau de vie et offrira de meilleures chances d'atteindre vos objectifs.

Quand on observe et apprend des gens qui ont réussi, on peut constater que le secret du succès, de la sérénité d'esprit et même du bonheur n'est pas aussi complexe qu'on pourrait le croire; il faut tout simplement s'occuper de ses affaires et laisser les gens penser ou de dire ce qu'ils veulent sans s'en soucier. Nous sommes tous uniques et avons tous notre façon propre d'apprendre, c'est ce qui rend le monde diversifié et intéressant !

LE SOUTIEN DES PARENTS LORS DES MOMENTS DIFFICILES

Camara Laye dans son livre intitulé ''le maître de la parole (Kouma Lafölö Kouma)'' a écrit : « Les gros arbres poussent lentement, mais ils enfoncent profondément leurs racines dans le sol ». Il faut se rappeler qu'en temps difficile, le rôle des parents et de la famille est crucial.

Il faut faire attention aux mots qu'on dit aux enfants quand ils sont en train de traverser de tels moments dans leur vie. Il faut éviter des qualifications négatives qui font en sorte que les enfants finissent par se douter de leur capacité de réussite et par conséquent finissent par se dire que ces qualifications négatives sont réelles et collent parfaitement à leur personnalité. Ils peuvent facilement se décourager et certains malheureusement, ne vont plus recouvrir leur mentale pour sortir de l'épreuve difficile de la vie.

LE TALENT

Chaque personne a du talent ; il arrive que certains découvrent les leurs dès le plus jeune âge, mais d'autres en revanche mettent du temps avant d'en arriver aux métiers qui les passionnent énormément.

Chacun a un don spécial et une compétence admirable dans un domaine donné. Un métier, une profession, ou un art dans lequel l'intéressé excelle mieux que tout autre compétiteur ; un domaine dans lequel il retrouve la manifestation de son génie, et à chaque fois qu'il est à l'œuvre ; c'est de l'estime et le plaisir des regards du public avec des qualifications exceptionnelles.

Chaque personne est sur cette Terre pour contribuer de la bonne manière et pour apporter quelque chose au monde. Quand les gens continuent à éprouver trop de difficultés à comprendre des choses qui semblent être faciles pour la plupart des acteurs qui évoluent dans le domaine et ont du mal à aimer ce qu'ils font, suivi du manque d'envie à s'exercer, très souvent, c'est parce qu'ils ne sont pas à leur place. Également parmi de nombreuses raisons qui empêchent l'accomplissement des rêves, il y a deux facteurs importants. Le temps nécessaire à allouer pour arriver au meilleur résultat, c'est à dire abandonner avant d'arriver aux résultats espérés et les ressources. Ces barrières font que nous avons parmi nous des milliers de talents qui malheureusement vont disparaître sans avoir la chance de s'exprimer et offrir au monde ce dont ils sont capables.

QU'EST-CE QU'IL FAUT FAIRE POUR RENCONTRER SON GENIE ?

Il faut d'abord comprendre le monde dans lequel nous vivons. Un monde exigeant qui veut tout et tout de suite, donc un monde de grande capacité avec une demande en vitesse incroyable. À cet effet, pour être au même niveau, il faut constamment se remettre en cause et continuer à apprendre tous les jours. Avoir aussi la capacité de changer et de s'adapter. Comprendre que les emplois d'hier ne reviendront plus sous leurs formes initiales, et se préparer pour répondre au besoin et exigence des emplois d'aujourd'hui et ceux du futur. Il ne faut pas craindre d'entreprendre. Faites plus attention à votre instinct en écoutant votre voix plutôt que celles des autres. Souvenez-vous, vous vous connaissez mieux que quiconque d'autre, alors ne laissez personne définir pour vous la personne que vous connaissez le mieux.

La bonne nouvelle est que nous avons des instruments disponibles pour satisfaire la demande de temps. La nouvelle technologie, l'internet et ses multiples réseaux sociaux. Avant de communiquer avec ses proches sur autre continent, il fallait environ un mois aux meilleurs des cas par boîte postale. Aujourd'hui, c'est une autre paire de manches. Le nouveau défi est bien la gestion du temps et comment chacun de nous voit l'utilité des réseaux. Ils sont disponibles partout et pour tout le monde. Vous avez le choix de les voir comme des outils de travail, des opportunités à ciel ouvert pour l'entrepreneur avec une large capacité de toucher des millions de personnes à travers le monde par le biais d'un simple clavier. Mais vous pouvez également les utiliser comme des jouets qui, facilement, consomment votre court séjour sur Terre, ou des moyens faciles pour frustrer les autres et partager votre mauvais caractère avec le monde. Le choix est entièrement le nôtre avec ses conséquences positives ou négatives y compris les responsabilités à porter pour le reste de la vie.

Il est temps d'apprendre à dépenser, pas à gaspiller. Faire la différence entre ce qu'on veut et ce dont on a besoin ; Aider au maximum de sa capacité ; donner plus et se plaindre peu en s'occupant bien sûr de ses affaires et ne surtout pas donner du poids à ce que les idées noires entretiennent à votre sujet ; être toujours à la recherche des solutions pas des excuses qui sont faciles, disponibles et à la portée de tous. Il faut être productif et faire usage des baromètres pour le contrôle du progrès ; on gagnerait mieux en essayant de trouver le meilleur en chaque personne au lieu des défauts. Autrement dit, évaluer les gens par leurs meilleures notes ; encourager les bonnes œuvres au lieu de chercher des défauts à découvrir, et juger les gens par leur meilleur moment non à leur mauvais temps.

LE SUCCES ET LA DISCIPLINE

Il n'est pas rare de voir des gens bourrés de talents, mais qui n'arrivent pas à réaliser leurs rêves. Il n'est pas non plus rare de voir des professeurs d'économie qui sont pauvres surtout en Afrique, parce qu'ils n'assurent pas les théories qu'ils enseignent à la discipline qu'il faut pour réussir. Les gens qui parlent de la connaissance de l'argent avec les poches vides. Sans la discipline appliquée avec rigueur quel que soit le niveau de connaissance, le volume des moyens, ou de connexion aucun succès durable ne peut être réalisé. En somme, il n'y a pas de succès sans discipline.

L'argent, les biens matériels, et les ressources ne se dissipent pas dans la nature, mais changent plutôt de mains. Ils quittent des mains de ceux qui n'appliquent pas la rigueur nécessaire, la discipline qu'il faut pour continuer à maintenir leur niveau de vie, pour les mains d'autres personnes qui combinent la volonté, le courage, et la persistance. On doit toujours garder à l'esprit que les choses existent toujours avec leurs contraires. Le bonheur et le malheur, la richesse et la pauvreté, etc. Ces éléments sont toujours en concurrence permanente. Alors il n'est pas étonnant qu'à chaque fois qu'on cherche à créer le bonheur, qu'on se heurte à une opposition du malheur qui vient tester le degré de volonté associée à l'action ; c'est-à-dire jusqu'à quel point on tient au projet ou le désir de transformer ou de changer une situation négative en une réalité beaucoup plus favorable à notre vie, ou le prix qu'on est prêt à payer pour accomplir la mission qu'on s'est volontairement assigné.

Tous ceux qui réussissent de grandes choses sont des gens qui rencontrent plusieurs défaites temporaires, mais qui refusent d'être définis par les obstacles de parcours, et finalement arrivent à vaincre les défis qui s'opposent à leurs succès.

LES LEÇONS APRES ECHEC

Le profit des leçons tirées de mes mauvaises expériences de l'école primaire et la méfiance de certains amis, occasionnées par une médiocre performance scolaire, je n'avais d'autres choix que de réussir le reste de mes parcours scolaire et universitaire, puisque mes débuts difficiles ont fait que mes amis d'âges avaient pris deux années d'avance sur moi, et la plupart des nouveaux camarades de classes étaient des jeunes frères, les petits frères de mes amis, ou moins âgés que moi de deux ans. Cette volonté d'application m'a permis de tenir ma promesse d'arrêter mes ennuis scolaires sur le sombre passé de l'école primaire.

Lorsque la volonté de faire est associée à la discipline et la rigueur qu'il faut avec une dose de détermination à atteindre un objectif, très peu d'obstacles peuvent nous empêcher d'avancer sur notre chemin. Chaque être humain a des talents cachés en lui, parfois que lui-même ignore complètement leurs existences et ces talents se manifestent lorsque certaines circonstances exigent, ou lorsque le degré du désir devient extrêmement élevé.

Quand quelqu'un dit qu'il ne peut pas ou ne veut pas faire quelque chose, puis programme son cerveau à adapter cette limite qu'il s'est fixée par son manque de volonté, il a raison, et tout débat sur le sujet sera futile. De la même manière, lorsque quelqu'un décide d'accomplir quelque chose qui lui semble extrêmement important, et tient à réaliser comme si sa vie en dépend, il y aura certainement une probabilité très élevée pour que l'objectif initial soit matérialisé quels que soient les challenges et difficultés de parcours parce que quand l'être humain pense qu'une chose est importante, la seule chose qui compte c'est des voies et moyens pour avoir ce qu'il veut, mais lorsque l'énergie est négative sur la chose jugée peu importante ou sans valeur, la matérialisation de la chose par celui qui porte le mauvais jugement devient impossible. Le bon Dieu est bon est avec ceux qui sont bons avec eux-mêmes.

LES DEFIS DU COLLEGIEN

L e passage au collège m'a donné beaucoup de joies pour avoir eu la chance de changer l'environnement académique et d'effacer les mauvais souvenirs de l'élève médiocre envahi par le doute du succès sur qui, peu de personnes pouvaient parier sur les chances de réussite scolaire, mais c'était aussi un endroit de plusieurs défis par le fait que le niveau de pauvreté pouvait être facilement exposé aux autres. À notre époque, la Guinée n'avait pas d'écoles privées, et la similarité entre les grands lycées de la capitale Conakry était triviale. Toutefois, le Collège 1er Mars par le leadership de son premier proviseur M. Chérif qui avait précédé le nôtre M. Ibrahima Sanckarela Diallo qu'on appelait affectueusement Sanck, avait fait de son école la plus enviable de la capitale. Un élan qui a été religieusement suivi par M. Sanck. Il y avait de la qualité au 1er Mars, ce qui faisait de lui l'endroit de préférence pour la majeure partie des parents et élèves. Les enfants des ministres, des hauts fonctionnaires de l'État et les privilégiés du parti au pouvoir, le PDG.

Le proviseur Sanck était un professeur et administrateur de grandes qualités humaines et professionnelles. Il était conscient de l'existence de la disparité matérielle entre les élèves de son école ; cela étant, il veillait aux grains pour que tous les élèves se sentent à l'aise dans la cour de l'école. Le port des tenues scolaires était obligatoire ; aucune négociation n'était possible sur ce sujet. Les comportements indésirables et l'arrogance étaient immédiatement sanctionnés quel que soit le rang social ou la position des parents de l'élève fautif.

Le 1er Mars était une belle école, de la décoration de la cour par les fleurs qui jonchaient le long des parterres à la rentrée des différents bâtiments, des murs bien soignés par des dessins artistiques, et les coquillages mélangés aux graviers remplissaient la cour. Il y avait une salle des arts et métiers d'où les élèves apprenaient à fabriquer des objets de beauté, un terrain de basketball qui servait également de lieu de récréations, d'organisation des soirées dansantes, des compétitions de danse etc.

L'entretien de l'école était assuré par des élèves organisés en groupe de classe sur un calendrier de travail. L'arrosage des fleurs, le ramassage de la cour, et l'apport des graviers et des coquillages. Ce dernier volet était renforcé par des apports sous formes punitives des élèves sanctionnés pour des fautes liées au non-respect des règles de conduite à l'école. Ces élèves étaient parfois demandés d'apporter des sacs de graviers ou des coquillages utilisés comme sanctions disciplinaires ; cette partie punitive était différente de leurs obligations de participation au programme d'entretien sur la base du calendrier préétabli.

Au-delà de cette beauté et présentation physique, le collège 1ᵉʳ Mars n'attirait pas que des élèves, c'était un endroit de bons professeurs du lycée, parmi lesquels on peut citer le professeur de mathématiques M. Saliou Camara (paix à son âme), le professeur de physique M. Bangaly Mara, M. Tolo (paix à son âme) pour les classes de 11ème, 12ème et terminale des profils Sciences mathématiques, les professeurs de philosophie comme M. Fodé Bayo, Jozi Bah et beaucoup d'autres.

Des élèves comme moi doivent leurs inscriptions à cette prestigieuse école de l'époque à l'emplacement et la proximité géographique de notre quartier. C'était le plus proche collège de nos habitations, parfois cinq à dix minutes de marche.

Certains élèves attirés par la bonne réputation du 1ᵉʳ mars, venaient de très loin. Ils parcouraient de longues distances pour arriver à l'école. Il y avait également beaucoup d'enfants des riches qui y fréquentent par voitures personnelles ou motos.

Bien que mon enthousiasme pour avoir eu la chance d'être au collège était très élevé, le frottement au quotidien avec les enfants économiquement favorisés n'était pas facile à gérer parce que même le minimum de vêtement pour m'habiller décemment n'était pas assuré et notre école avait beaucoup d'activités sportives et artistiques les soirs.

Les tenues scolaires qui servaient d'uniformes pour les élèves n'étaient pas exigées les soirs, ce qui exposait la différence de niveau de vie par les modes vestimentaires. Il y avait beaucoup d'amis avec lesquels j'étais très confortable parce que nous étions du même quartier, avions les mêmes situations et partagions les mêmes difficultés ; d'autres en revanche, étaient pour moi de simples camarades de classe parce que je les trouvais méfiants et arrogants.

Avec le temps, j'ai fini par comprendre que c'était moi le problème parce que je ne leur avais pas donné le bénéfice du doute, et je ne les traitais pas comme les autres. Mon préjugé contre eux dépendait de mon niveau limité de perception des gens qui n'étaient pas dans mon milieu social, alors qu'ils n'étaient pas du tout responsables de ma situation, et leurs parents n'avaient rien fait pour empêcher les miens de faire mieux. J'avais fait beaucoup de torts à ces amis et mon comportement de distance rendait certains inconfortables. Le début de collaboration n'a pas été facile, mais après nous sommes tous devenus de grands amis parce qu'on partageait le même souci pour la réussite. On révisait ensemble et on échangeait des idées sur comment se préparer, ou aborder des sujets difficiles.

Au lieu de juger quelqu'un, il faut l'approcher et apprendre à le connaître ; cela évite le mauvais procès d'intention et change la perception sur la personne. Il y a du bon en chacun de nous, et on profite mieux de nos relations lorsque les choses sont faites avec un esprit ouvert à la recherche de ce qui est beau chez l'autre.

En fin de compte, tout se passe dans la tête. Mes années d'expériences m'ont appris que la pauvreté n'est pas physique, mais plutôt mentale parce que tout se passe dans la tête et le niveau de vie d'une personne est généralement le reflet de son niveau d'imagination et de perception de la vie.

Le rôle et l'obligation des parents est de montrer la voie à leurs enfants et leur garantir le minimum pour aider à affronter les épreuves de la vie avec des chances de réussite. C'est vrai que quand l'enfant naît des parents qui sont debout, qui ont encore des épées en mains, il a en théorie plus de chance que ceux dont les parents sont assis, c'est-à-dire inactifs. Dans les conditions normales, si ce sont des parents qui ont une bonne vision de la vie, cet enfant doit avoir les moyens de courir, mais lorsque l'enfant naît d'une famille dans laquelle les parents ne peuvent pas se prendre en charge suffisamment, les défis deviennent beaucoup considérables parce qu'il doit d'abord s'occuper de ses parents, ses frères et sœurs avant de commencer à penser à ses propres problèmes.

Toutes ces situations sont gérées différemment par des hommes en fonction du niveau d'analyse et la définition individuelle que chacun a pour des événements de sa vie. Pour ma part, les difficultés financières auxquelles ma mère était forcée de vivre, étaient une source d'inspiration et de motivation, une raison pour me battre pour la faire sortir de cette situation. Ceux qui n'ont pas connu la pauvreté peuvent facilement se laisser dans le confort sans prendre des mesures pour le garder.

Au quartier, la question de complexe d'infériorité était inimaginable compte tenu du fait que tous les enfants avaient les mêmes problèmes et préoccupations. Nous étions heureux avec le peu ; on échangeait et partageait tout ; sur le terrain de football, le manger tout comme les vêtements.

LE TEST DE L'ENDURANCE MENTALE

Un matin autour du mât, remplis d'élèves comme toujours, je suis arrivé à l'école avec une paire de sandale repose pied usé dont les trois côtés étaient soutenus par de nombreuses pointes en acier après l'avoir raccommodé plusieurs fois. En remontant la rampe vers le drapeau, j'ai eu le malheur de cogner accidentellement un des cailloux qui embellissent la cour de l'école. Mon repose pied s'est divisé en deux pièces. La semelle a pris congé des cordons en plastique qui étaient attachés à elle pour former un ensemble.

La scène a offert un spectacle gratuit aux yeux indiscrets avec des signes de moqueries aggravés par certains regards blessants des camarades qui n'avaient certainement aucune idée sur la profondeur de la blessure qui venait de se fondre dans mon cœur fragile. L'insolence de la pauvreté n'avait jamais fait autant de bruits et d'échos dans mes oreilles de nature à faire craquer ma petite cervelle.

Comme c'était l'expérience partagée par de nombreux amis du quartier, après un moment de reflet de la situation, j'ai ramassé les morceaux et réconcilié les deux éléments. Cette journée a été l'un des plus durs moments de ma vie, mais l'émotion n'a pas eu raison sur le moral à continuer la marche. Toutefois, ma haine contre la pauvreté était devenue viscérale, et ma détermination à la combattre par le succès académique et la réussite dans la vie était devenue un contrat non négociable.

L'AMOUR DU PROCHAIN, LA GRATITUDE

Ma génération n'avait pas suffisamment de moyens matériels, comme celle d'aujourd'hui exposée à tous les avantages liés aux avancées technologiques. En d'autres termes, nous n'étions pas satisfaits, mais très heureux avec le peu malgré les défis. Quand un élève avait un livre, il faisait presque le tour du quartier.

Comme on peut le remarquer à travers les faits, la vie est une question de pourcentage et aucun de nous n'a les cents pour cent. Si ceux qui se plaignent de leurs situations et deviennent malades par suite des mauvaises pensées qu'ils entretiennent, regardaient un peu ce qui se passe autour d'eux, il est évident que beaucoup auraient changé de comportement parce qu'ils auraient aisément compris qu'il y a un nombre important d'individus au monde dont l'unique rêve est d'être à leur position ; à cet effet, les plaintes céderont leur place à la reconnaissance pour les biens à leur disposition. Ceux qui fonctionnent sur de simples principes de gratitude et de pardon ont très peu de soucis dans leur vie.

Ce qui est le plus important dans la gestion de nos vies, c'est comment chacun aborde les problèmes qu'on rencontre au quotidien. Il faut avoir le bon jugement par une analyse réaliste et objective en toutes circonstances afin de donner le meilleur de soi, être prêt à accepter, puis tiré des leçons et apprendre du résultat. De telle attitude renforce la capacité individuelle et prépare l'être humain pour le succès face à la situation similaire parce que l'expérience n'a pas de substitut.

Ceux qui se plaignent souvent ne sont certes pas les plus heureux, mais ce qui est sûr avec des preuves tangibles, c'est qu'ils ne sont pas non plus les plus malheureux sur Terre. Il faut être heureux avec ce que vous avez — même si vous n'êtes pas satisfait ; votre gratitude et optimisme vous permettent à continuer avec la bonne humeur vers les objectifs à long terme.

Ce ne sont pas les plus intelligents qui réussissent, mais plutôt les plus disciplinés, ceux qui s'appliquent avec patience, rigueur, optimisme, et discipline.

HEUREUX SANS ETRE SATISFAIT

Nous étions heureux parce que nous vivions dans une grande famille guinéenne. L'ethnocentrisme tel que pratiqué actuellement dans notre pays avec la haine angoissante qui entraîne des inquiétudes, la méfiance les uns des autres, n'existait pas. Il y avait bien le poids et le harcèlement de la politique, mais la force est de reconnaître que cette situation frappait tout le monde sans distinction ethnique. Ceux qui étaient considérés comme des menaces au pouvoir étaient toujours embêtés — même si rien ne pouvait justifier les soupçons contre eux.

Les enfants du quartier se fréquentaient régulièrement et échangeaient des biens avec beaucoup d'amour et d'humour dans une ambiance de convivialité. Quand vous avez une jolie veste à Dixinn (quartier populaire de Conakry), il est certain que la veste va faire le tour des communes aussi longtemps que tes cousins, ou amis continuent de solliciter son utilisation pour une soirée ou un autre évènement.

Je me rappelle qu'un de mes cousins qui habitait à Kaloum (le centre-ville de Conakry) avait une belle veste. Honnêtement, je n'avais jamais vu un vêtement qui avait fait autant de voyages, (sourire). Cette pauvre veste avait fait un séjour avec mon cousin Nouah à Dabondi, et dès que je lui ai vu avec la veste, elle a changé de domicile, direction Touguiwondy. Après des semaines avec moi, le propriétaire qui l'avait prêtée à mon cousin Khalidou en a eu besoin, et Khalidou a pris contact avec Nouah qui est venu chez moi pour récupérer la veste. Toutes ces choses se passaient de façon naturelle dans l'amour et le plus grand respect.

Quand un groupe d'amis organisait une soirée dansante qu'on appelait *choc*, à leur domicile, l'invitation était ouverte à tout le monde, et l'information était partagée par voie orale, d'un ami à un autre. Aucune carte d'invitation n'était nécessaire pour la plupart des cas. Ceux qui pour quelques raisons que ce soient ont raté l'événement étaient toujours blâmés par les organisateurs et les autres amis qui les avaient attendus avec impatience.

Nos parents vivaient en harmonie ; ils connaissaient tous les enfants du voisinage et nous n'avions pas un lieu fixe pour manger. Midi venu, si la faim vous retrouve, c'est le lieu du moment. Que votre ami soit présent ou pas, il suffisait de dire à la maman que vous avez faim pour qu'elle s'occupe de vous comme un autre enfant de la famille. Cet amour sincère et communautaire était devenu une religion. Tout comme l'éducation des enfants qui était l'affaire de tous, et tout le monde y veillait.

Un enfant ne pouvait pas faire des bêtises dehors même si ses parents biologiques étaient absents parce qu'il sait que la surveillance est collective et permanente, et il aurait à l'idée que les voisins l'avaient à l'œil comme l'un de leurs propres enfants.

Quand un enfant est en faute, le premier adulte qui le voit dans l'action, est le premier à le corriger. L'enfant n'aurait pas osé dire à ses parents ce qui s'est passé. Sinon, ce serait l'aggravation de la sanction.

Or, aujourd'hui c'est avec beaucoup de peine qu'on remarque que ces valeurs sont en voie de disparition. Désormais, c'est devenu chacun pour soi. Les parents ont démissionné et abandonné leurs enfants aux enseignants qui sont beaucoup plus préoccupés par la lutte syndicale et l'augmentation des salaires que par la formation de qualité pour leurs élèves.

Les voisins sont engagés dans une lutte politique interminable sous la connotation ethnique qui empêche toute idée de solidarité et la promotion du vivre-ensemble. Leur niveau d'intolérance est devenu tellement élevé que l'incapacité à écouter autrui et de comprendre son point de vue sur des sujets d'intérêts communs est devenu un virus nuisible.

Cette démission collective des parents fait que les enfants sont abandonnés à la merci des réseaux sociaux. Désormais, c'est Facebook, Instagram, YouTube, et Twitter qui dictent leurs lois ; les instruments difficiles à contrôler qui n'ont pas de frontières en matière de consommation abusive du temps qui vole toute l'énergie de la jeunesse nécessaire pour construire un meilleur avenir. Les plus célèbres sont ceux qui brillent par le volume de leurs bêtises. Plus les sottises sont grosses, destructives et surtout nuisibles aux autres, plus l'auteur est acclamé et agrandi son cercle d'auditeurs.

Finalement, les enfants pensent qu'ils connaissaient tout, donc plus besoin d'écouter les parents ou leurs enseignants. Ils sont influencés par ce que les administrateurs de ces réseaux leur donnent comme informations. La réalité ne compte plus ; la seule vérité est celle du maître influenceur des réseaux. Le mensonge est imposé pour écraser la vérité et pour être facilement digéré à la place des faits réels.

L'avenir est en danger. Il suffit de lire les messages pour comprendre le degré de haine entre jeunes, et les sujets sur lesquels ils passent l'essentiel de leurs temps précieux, plutôt que pour des formations orientées vers des objectifs productifs.

À chaque fois que je lis les échanges entre des jeunes sur les réseaux sociaux, je suis attristé. Mon cœur saigne pour la jeunesse africaine, et guinéenne en particulier. C'est une jeunesse qui ne connaît plus la différence entre le bien et le mal, le mensonge et la vérité, la peine et la joie, l'amour et la haine. C'est une jeunesse trahie par le profond égoïsme de ses aînés qui ont fait le choix de lui transmettre des choses contraires aux valeurs qu'ils ont reçues des générations qui les ont précédés.

MESSAGE AUX JEUNES

Jeunes d'Afrique et de Guinée, vos aînés ont reçu la bonne culture de l'amour du prochain, la justice sociale, et la solidarité. Ils n'ont connu qu'une seule famille, la grande famille guinéenne avec son admirable diversité culturelle et linguistique qui donnait la joie de vivre dans une société harmonieuse où le nom de famille n'était qu'une simple identification.

Les aînés d'aujourd'hui, malheureusement à cause de leur gourmandise et besoin de satisfaire leurs intérêts égoïstes, ont trahi ce bon enseignement qu'ils devraient transmettre fidèlement à la jeune génération. Maintenant, c'est tout le contraire de leurs belles vies d'enfants. On nous raconte que la Guinée est composée de plusieurs familles profondément divisées par régions, ethnies et noms de famille. Ils disent que le nom de famille est le seul critère d'identification de vos frères et sœurs. Ils disent qu'être sensible à la douleur des autres est une trahison à votre ethnie. Ils disent que la meilleure façon de montrer sa bravoure et sa meilleure connaissance des réseaux sociaux, est d'insulter ceux qui ne portent pas les mêmes patronymes ou tout simplement votre nom de famille.

Réveillez-vous mes frères et sœurs, interrogez-vous sur vos règles de conduite au quotidien. Embrassez vos frères afin de travailler ensemble pour le bien commun. Demandez aux parents de revenir à la source et d'éviter d'être consommés par la recherche du quotidien en négligeant le rôle essentiel que chacun doit jouer pour le bien d'une forte communauté.

On a aucun contrôle sur le passé, mais nos comportements et décisions du présent peuvent bien influencer le futur — dans le bon ou mauvais sens. Peut-être que le bonheur de votre destin dépend du frère que vous vilipendez aujourd'hui.

Il y a des jeunes qui sont devenus célèbres sur les réseaux pas par leurs compétences, mais par le volume de leurs bêtises. Malheureusement ceux-là n'ont aucune idée du coup qu'ils portent à leur avenir. Ne soyez pas celui ou celle qui, par naïveté, compromet son destin pour construire ceux des aînés égoïstes.

LA COHESION NATIONALE

Conakry était très belle, et sa diversité culturelle était célébrée à tout moment. Le nom de famille servait à identifier les gens, pas pour ségréguer par groupe communautaire, et les citoyens n'étaient pas jugés par leur appartenance ethnique, ou religieuse, mais par leur bonté et disponibilité au service des autres. Le Susu était la langue locale largement pratiquée par les habitants de Conakry sans distinction d'origine ethnique. Certains enfants des autres ethnies étaient parfois plus performants que ceux des familles Susu. L'intense interaction entre les enfants a fait en sorte que beaucoup de jeunes de la capitale Conakry parlaient bien, ou au moins comprenaient, les trois langues principales, à savoir, le Susu, le Maninka et le Pular, largement parlées à Conakry.

LA FETE DE TABASKI

La fête de fin de Ramadan était l'une des rares occasions où tous les enfants espéraient pouvoir porter de nouveaux vêtements ; les parents fournissent beaucoup d'efforts afin d'honorer ce qui était devenu une obligation morale. Le jour de fête, on sortait en groupe pour rendre visite aux voisins, parents et amis de nos parents. Chaque visite était récompensée par des cadeaux, ou une invitation à manger.

De toutes ces fêtes que j'ai eue la chance de célébrer avec mes amis, il y en a une qui m'a particulièrement marqué par la parole de ma mère ; qui, avec sa douce, continue encore à vibrer dans mon cœur.

LA CAUSERIE AVEC MA MERE

Je n'avais pas eu de nouvelle tenue de fête car ma mère, sur qui une grande partie des dépenses de ses enfants reposait quand mon père à la retraite était malade, n'avait pas eu suffisamment de moyens pour m'en trouver une. Quand j'ai commencé à faire la grosse tête avec un visage de tristesse et mes amis qui m'attendaient impatiemment pour la sortie habituelle, ma mère m'a appelé pour me parler et dire ceci : Comme elle m'appelait affectueusement, « Aboudou mon fils, il n'y a rien au monde que je puisse te refuser, mais cette année après avoir tout essayé, je suis au regret de ne pas avoir pu trouver les moyens pour ta tenue, et j'en suis désolée ». Cette phrase m'a donné ce qu'aucune tenue au monde pouvait m'offrir.

J'ai regretté d'avoir mis ma mère dans cette situation difficile. J'avais honte de moi-même ; j'étais devenu un homme, cet échange entre mère et fils a changé ma mentalité et ma perception de la fête, un être nouveau était né en moi ; depuis cette date, je n'ai plus demandé une tenue de fête à ma mère. J'ai pu sortir avec mes amis pour la dernière fois en utilisant l'un de mes vieux complets et nous étions très heureux de passer de bons moments ensemble.

Cette expérience avec ma mère était une autre belle leçon tirée de l'école de la vie. La communication est très importante en toute circonstance — que ça soit en famille, en couple, ou entre amis ou collègues de travail. Il ne faut jamais assumer que l'autre partie peut ou doit comprendre votre situation sans lui dire un mot sur la nature de vos difficultés du moment ; le choix de mots doit obéir au niveau de compréhension de son interlocuteur, et le message à faire passer doit être à la dimension de l'évènement teinté de belles leçons pour toujours ; ma mère en avait fait un très bon usage. Elle pouvait me laisser avec ma grosse tête, et les choses allaient se régler d'elles-mêmes avant même le coucher du soleil, je serais passé à autre chose, mais elle a fait le choix me parler en me donnant des leçons qui continuent encore à vibrer dans mon cœur.

Plusieurs enfants pensent parfois que les parents ont les moyens en abondance et des solutions pour tous leurs problèmes ; certains parents laissent passer cette perception sans prendre le temps d'expliquer, éduquer et faire comprendre aux enfants qu'ils ne peuvent pas avoir à tout moment tout ce qu'ils demandent parce que la vie n'est pas toujours généreuse.

Dans la vie, tout se négocie, et tout s'opère sur la base d'une entente. Même le simple échange, pour que deux personnes puissent se parler pendant quelques minutes, il faut un accord au préalable. Même si l'interaction semble naturelle, elle est soutenue par un accord dès le départ qui gouverne l'entretien. Les deux interlocuteurs doivent respecter cet engagement pour la fluidité d'une meilleure communication. Cette entente non écrite est que lorsqu'un interlocuteur parle, l'autre doit écouter et attendre que le premier termine avant de commencer à son tour de parler. Dès qu'il y a une violation à cette règle, c'est-à-dire lorsque les deux tentent de parler en même temps, la conversation va perdre sa valeur, ou se transformer en confrontation verbale.

MA BELLE CAPITALE ET LA PLUIE

Conakry était propre avec sa grande pluviométrie. La pluie de mon enfance fut adorée par tout enfant de mon âge. Ce don naturel dont l'arrivée était célébrée nous a fait beaucoup de bien. Les signes du ciel qui annoncent la présence de la pluie dans un proche avenir étaient accueillis avec une joie immense et un confort moral. Dès la première goutte de pluie, tous les enfants étaient dehors pour se laver, jouer et prendre l'avantage de tout le bonheur que ce moment pouvait offrir.

L'envie de vivre une vie paisible dans une capitale propre qui donnait goût à la bonne respiration à plein poumons avec les narines grandement ouvertes pour sentir les odeurs agréables des belles fleurs qui poussaient de partout. Ce sont des moments inoubliables et qui restent pour de bon dans la mémoire collective d'une enfance agréable. L'image de beauté de Conakry, les arbres qui poussaient de partout avec une écologie agréable qui faisait de Conakry une ville enviable et une place de choix qui abritait le cœur de tous ses visiteurs. Cette belle page de l'histoire doit son existence à la bonne gestion de l'environnement des acteurs de cette époque, la stratégie, et la volonté politique qui encouragent et font la promotion des initiatives relatives à planter des arbres telle que la loi de Fria (les parents étaient encouragés à planter un arbre pour chaque nouveau-né).

On dit souvent que les belles choses ne durent pas — surtout si on n'y prend pas soin. Toutes les forces environnementales qui donnaient naissance à la pluie ont été sauvagement abattues. Comme conséquences, ma belle ville s'est vue dépouillée de sa beauté légendaire laissant ainsi son Conakry dans de mauvaises mains. Le constat de la réalité du présent déchire le cœur à la lecture d'une pyramide renversée aux regards d'un passé récent qui rayonne encore dans les mémoires. La pluie autrefois attendue avec joie et impatience est devenue la source de tous les dangers. À la moindre annonce de pluie, le sommeil prend congé des habitants pour se réfugier à des distances très loin des familles exposées à l'angoisse, l'inquiétude, et l'indescriptible peur. Autrefois source de bonheur, la pluie est devenue synonyme de tous les dangers ; des dégâts humains et matériels et des maladies, une surpopulation inadaptée à l'urbanisation de la ville qui a du mal à contenir les déchets publics, et l'incivisme qui caractérise le comportement de certains citoyens qui n'ont pas l'habitude à plaider la bonne cause. Par conséquent, notre amour de la pluie est devenu peu aimé par les habitants actuels de Conakry pour des raisons citées précédemment. Il est souhaitable que les efforts en perspectives soient mis en exécution afin de redonner à notre ville l'image dont elle avait le privilège de jouir.

LE LYCEE MATAM REMPLACE LE 1ER MARS

Le lycée 1er Mars doit son nom à la date anniversaire de création de la première monnaie guinéenne le Syli, né le 1er Mars 1960. Ces genres d'initiatives du gouvernement guinéen d'alors étaient très nombreuses. La population guinéenne tout comme les étrangers en visite en Guinée, avaient la chance d'apprendre quelques parties de l'histoire du pays sans fournir assez d'efforts ; il fallait tout simplement poser des questions sur les symboles et noms des édifices publics.

Dans le souci d'apaiser le climat social après le régime du Parti démocratique de Guinée (le PDG) en 1984, les nouveaux dirigeants du régime militaire, le Comité militaire de redressement national ou CMRN, avaient décidé de faire disparaître des signes liés aux tristes souvenirs du passé de la Guinée. C'est ainsi que le libéralisme incontrôlé est venu changer certaines choses pour effacer les traces du régime du PDG sans tenir compte des acquis positifs qui devraient être préservés. C'est dans cet esprit que les noms de plusieurs édifices publics ont été remplacés par d'autres qui n'ont aucun support, ou référence historique. Comme le cas du 1er Mars devenu le lycée Matam, le nom du quartier et commune qui abritent le lycée.

Le changement de noms des édifices publics comme celui du 1er Mars devenu le lycée Matam en est une illustration parfaite du pauvre jugement qui a forcé le remplacement d'un nom instructif par un autre qui, en réalité, ne veut absolument rien dire. On ne doit pas changer pour le simple désir de changer — même si le nouveau semble mieux que l'ancien. Les réflexions qui concernent le secteur de l'éducation doivent être liées à l'organisation qui améliore la performance, et la qualification de l'environnement pour l'apprentissage. Ce qui ne devrait pas être associé à la politique de rature du passé.

LE GUINEEN ET SON HISTOIRE

Compte tenu du fait que la Guinée ait connu un passé tumultueux avec les hauts et les bas, de son accession à l'indépendance nationale comme le premier et seul pays d'Afrique francophone à avoir dit non au colonisateur français et la gestion du pouvoir qui en a suivie, l'histoire de la Guinée souffre encore de clarté pour sa jeune génération en soif de vérité sur ce qui s'est réellement passé.

C'est triste pour ce pays de grande histoire et une désolation pour sa jeunesse qui a toujours avalé le mensonge, ou des explications partielles, en fonction des passés partisans de ceux qui sont censés communiquer de bonnes informations. Ces jeunes n'ont pas connu l'ère du premier régime du président Ahmed Sékou Touré (paix à son âme), alors chacun le juge sous les lunettes de son historien de circonstance. La Guinée a une histoire faite de noir et blanc. Aux historiens d'embrasser la vérité avec des plumes faites pour écrire la vraie histoire, qui donne à la fois le sourire et des larmes.

Le président Ahmed Sékou Touré et ses compagnons eurent le mérite de conduire la Guinée à l'indépendance nationale le 2 octobre 1958 après avoir dit non à la communauté proposée par la France, et soumise au vote du référendum le 28 septembre 1958. Malheureusement, nombreux sont les pionniers au front de la lutte qui ne se sont pas reconnus du choix politique du leader du PDG orienté vers le parti unique qui a fait de lui l'homme fort du pays ayant en sa possession le contrôle absolu sur toutes les institutions de la jeune nation.

Voilà ce qui explique en partie comment une indépendance qui a été obtenue avec enthousiasme et une grande ferveur grâce aux efforts collectifs de la majorité des Guinéens, a fini par éloigner ces cadres guinéens de leur pays, et la douloureuse gestion qui en avait suivi. Il faut également reconnaître que la France n'a pas été un acteur franc dans le jeu puisqu'en pratique, elle n'avait pas accepté le départ de la Guinée. Cette mauvaise foi dans les relations et ce manque de respect de la parole donnée du général De Gaulle se traduisent par des sabotages et des manœuvres destinés à affaiblir les moyens de l'État guinéen à défaut de pouvoir le renverser parce que l'indépendance de la Guinée était perçue par son ancien colonisateur comme une menace pour la capacité de la France à garder les autres colonies sous ses commandes ; alors pour la France, le succès de la Guinée pouvait être un mauvais exemple pour les autres colonies.

C'est dans cet esprit que plusieurs complots ont été orchestrés contre la Guinée avec l'aide de la France, et le soutien de la Guinée à certains pays africains comme la Guinée Bissau, le Cap Vert, l'Afrique du Sud, l'Angola dans leurs luttes d'indépendance était un autre facteur aggravant qui allongeait la liste des ennemis de la Guinée.

Cela veut dire que la Guinée a connu de réels coups d'états contre sa nation et la gestion de cette situation a radicalisé le pouvoir guinéen qui est devenu autoritaire avec des bavures, et accusations gratuites.

Plusieurs honnêtes guinéens et étrangers ont été sauvagement brutalisés, forcés à lire de fausses déclarations, et avouer des actes dont ils n'avaient aucune idée, mais au même moment, il y avait des Guinéens qui se sont fait utiliser par la France et d'autres comploteurs pour déstabiliser le régime du PDG.

Dans la pratique, le pouvoir absolu dans les mains d'une seule personne, ou un groupe d'individus sous forme de cercle fermé, a une forte probabilité de nuire aux intérêts de la grande majorité. Il est très difficile de trouver parmi des Guinéens qui ont vécu cette période, à l'exception des proches du pouvoir, un habitant qui ne soit pas capable de conter une histoire personnelle de son interaction avec les milices du parti état.

Je me souviens d'une soirée lorsque mon ami Abdoulaye Camara et moi étions partis au cinéma appelé « le 8 novembre » pour regarder un film d'action. À la sortie de la salle, nous avons constaté que la moto de mon ami qui avait servi de moyen de transport avait disparu. C'est ainsi que nous nous sommes transportés au commissariat pour déclarer la perte à la police. Comme c'était la période du parti unique avec la forte présence des miliciens, tous les médias — la télévision, la radio, et les journaux — étaient essentiellement occupés par les images du président, le « Responsable suprême de la révolution », vénéré comme le petit dieu, soit par amour sous le poids de la propagande, soit par peur de perdre sa tête par des dénonciations.

C'est dans ce climat que nous sommes arrivés au poste de police de la sous-préfecture de Matam, qui était dans notre quartier Touguiwondy. Nous avons retrouvé sur le sol la page d'un journal qui montrait la photo du Président Ahmed Sékou Touré, que je n'avais même pas remarquée. J'ai ramassé le papier par terre pour en faire un support avant de m'asseoir sur le banc. Aussitôt, j'ai vu un milicien devant moi à l'ère énervé avec une voix dure. Monsieur, sur quoi êtes- vous assis ? Étonné, j'ai regardé derrière moi croyant qu'il s'adressait à quelqu'un d'autre. Puis, il m'a fixé les yeux pour dire, « toi là ». Je lui ai répondu : « Ah, c'est un bout de papier pour ne pas salir mon pantalon ». Oh mon Dieu, il ne fallait pas ; sans le savoir, c'est comme si je venais de mettre de l'essence sur le feu. Il a répliqué vigoureusement en disant, « OK, ÇA VA SE SALIR, je dis bien ton sale pantalon va se salir ; tu t'es assis sur la tête du président Ahmed Sékou Touré, le père de la nation, le magnanime, responsable suprême de la révolution », etc. En compagnie d'un de ses amis, les minutes qui ont suivies, j'étais déjà en prison. Ce qui nous a complètement fait oublier l'objet de notre visite pour laisser place à des plaidoiries des amis, et le payement d'une somme d'argent afin de recouvrer ma liberté.

Est-ce que je peux accuser le président du parti PDG pour ce qui m'est arrivé ? Non, mais c'est ça aussi le pouvoir d'un homme fort.

Quand les choses deviennent très puissantes, elles échappent le contrôle de tout le monde, et chaque personne égarée du système va utiliser son côté médiocre pour faire du mal aux autres. Si ce milicien était vraiment sérieux, il n'aurait pas laissé ce bout de journal traîner au sol, mais bon, il ne pouvait voir que la partie qu'il pouvait utiliser pour nuire.

Alors, à nous les Guinéens d'accepter notre histoire commune dans son entièreté, et se pardonner pour avancer ensemble. Il faut qu'on soit capable de dominer notre orgueil et embrasser l'esprit du pardon et surtout arrêter de prendre pour responsables les gens dont les parents se sont rendus coupables de certains actes criminels ou considérés comme tels.

L'être humain ne doit pas prendre les sentences naturelles qu'on inflige fréquemment aux souriceaux à cause du passé de leurs parents ou le futur comportement qu'ils sont soupçonnés d'adopter.

La Guinée est aussi ce beau pays de grands paradoxes, avec une belle page de l'histoire volontairement ignorée par certains à cause du sombre passé qui obscurcit les belles œuvres réalisées. Une forte armée créée le 1er novembre 1958 sous le leadership du capitaine Noumandian Keita dont les soldats ont été envoyés dans plusieurs pays africains pour la lutte de libération et d'indépendance de leurs nations. Une armée qui contribue également à la construction des travaux publics avec son unité de Génie Militaire.

La Guinée était aussi un pays orienté par l'indépendance économique avec la création de sa propre monnaie, le Syli, le 1er mars 1960 ; des usines de fabrication et de transformation, dont parmi les célèbres, figurent l'imprimerie nationale Patrice Lumumba, à l'époque la plus grande imprimerie de la sous-région qui ravitaillent une grande partie des pays voisins en cahiers et d'autres accessoires de bureaux, l'usine d'alumine de Friguia, l'usine du thé de Macenta, l'usine de chaussure, de pagnes de Sanoya, l'usine de tabacs et allumettes, une voie ferroviaire avec des installations et gares de Conakry à Kankan. Une voie aérienne avec plusieurs avions au compte d'Air Guinée, une voie maritime avec plusieurs bateaux etc.

Sur le plan culturel, la Guinée était la source d'inspiration de plusieurs pays africains avec la présence des Ballets Africains, qui ont fait la fierté de l'Afrique, des orchestres tel que le Bembeya Jazz national, qui faisait rêver et donnait le goût de la musique avec des messages poignants qui invitent et solidifient l'amour de la patrie, donc le régime du PDG avait bien légué des acquis considérables à son successeur, celui du Comité Militaire du Redressement National, le CMRN du général Lansana Conté, malgré les efforts de sabotage occidental contre les intérêts de la Guinée.

La Guinée est aussi le pays du camp Boiro qui a fait disparaître plusieurs Guinéens. Cela étant, c'est maintenant aux jeunes d'écouter attentivement et avec des esprits ouverts, et surtout réceptifs des deux versions — de ceux qui parlent avec nostalgie ou avec amertume — afin de faire de bonnes analyses de la situation, tirer le maximum de profits de notre histoire commune et faire en sorte que les choses du sombre passé soient corrigées pour ne plus jamais se répéter.

Les aspects négatifs de notre histoire ne doivent pas occulter le parcours héroïque de nos ancêtres et en faire le résumé de tout notre passé. La tendance à tout jeter ne peut pas nous faire avancer, ni changer quelque chose de ce qui est fait parce qu'il est connu de tous que l'histoire n'a pas de brouillon. C'est ce qui fait la particularité du temps passé par rapport aux autres.

Notre intolérance qui donne naissance à l'incapacité d'écouter l'autre et de comprendre sa lecture des effets, et les douleurs qu'il endure par suite des actions tragiques liées à notre histoire commune, fait que nous sommes incapables de trouver un espace et état d'esprit susceptible de nous réconcilier avec notre passé commun afin de rétablir la vérité sur notre histoire. On peut ne pas aimer ce qui s'est passé, mais il est impossible d'y changer quelque chose, alors on se servirait mieux en acceptant tel qu'il est en tirant de bonne leçon pour avancer dans la bonne direction. Il n'est pas facile de pardonner, mais tout porte à croire que le sincère pardon est la seule option qui peut nous faire avancer et libérer les esprits. De toute façon, nous avons le choix de vivre ensemble comme un peuple heureux, orienté vers le progrès et le développement, ou se tourner les dos et par conséquent souffrir ensemble dans une culture de haine et de désespoir pour tous. Nous sommes libres de choisir, mais les conséquences seront positives ou négatives.

LE DECES DE MON PERE

J'ai connu des moments de fortes émotions.
Mon père est décédé lorsque j'avais 17 ans ; à son dernier souffle, tard la nuit, j'étais à ses côtés, impuissant de le voir lutter sur le lit du malade pour garder les derniers instants de sa vie, le peu qu'il pouvait d'une mort cruelle et impitoyable. Il est finalement parti, dignement entouré de ses deux épouses, mon frère Mamadou Diallo, un locateur qui par les liens forts était devenu comme un de ses fils biologiques et de moi-même. Mon frère Diallo avait pris soin de régler tous les détails avant que le reste de la famille ne soit informé de la foudroyante nouvelle qui annonça la fin d'une vie à laquelle était accroché le sort de plusieurs personnes. C'est ainsi que le destin m'a séparé de mon cher père.

Les jours qui ont suivi les événements venaient tous avec leurs couleurs et méthodes pour prouver que le baobab n'était plus, que désormais, chaque membre de famille devait faire face à la réalité imposée par la nature suivant le cycle irréversible de la vie.

On commence avec nos parents, mais très peu de personnes ont la chance de passer plusieurs années de leurs âges adultes avec eux. Une raison pour laquelle il faut profiter de leur présence au maximum. Il faut absolument chérir les parents et surtout profiter de toutes les occasions et faire tout ce qui est nécessaire et humainement possible pour passer de bons moments avec eux. À la limite des moyens, faire de sorte que rien ne leur manque. C'est paradoxal de dépenser la fortune pour les funérailles d'un proche à qui on n'a pas aidé lorsqu'il était malade et dans les besoins.

Il faut reconnaître les bonnes œuvres des gens quand ils sont vivants et célébrer leurs accomplissements sur Terre après la mort. C'est injuste d'attendre la mort de quelqu'un pour commencer à parler de ses bonnes actions.

Mon père est décédé lorsque j'étais au collège. Une triste situation qui a ouvert nos yeux sur d'autres réalités de la vie. Un père de famille, même affaibli par la maladie qui l'oblige à passer l'essentiel de son temps alité, est une ombre considérable qui protège ses dépendants.

Certains visiteurs qu'on avait l'habitude de voir à la maison se sont raréfiés, et d'autres ont simplement disparu de vue. Le vide créé par son absence était une réalité tangible qui nous montrait la fragilité des enfants que nous étions. Il fallait alors devenir beaucoup plus sage et copier les bonnes habitudes chez nos amis qui avaient encore des pères rigoureux et exigeants sur la discipline.

LA CHANCE DE MON ENFANCE.

Il y a de l'or partout, peut-être pas dans votre cour, mais parfois pas aussi loin qu'on ne le pense. Né d'un père et d'une mère qui ne savaient ni lire ni écrire, j'ai eu la chance d'avoir des amis d'enfance qui appartenaient à des familles intellectuelles. Mes deux amis Aboubacar Sidiki Conté et Ousmane Traoré OT avaient des pères et frères généreux avec des niveaux intellectuels admirables. À chaque fois que j'avais de bonnes notes dans l'une des sciences exactes, pour rassurer mon père biologique (qui était alité et malade) de ma bonne performance à l'école et lui donner de l'espoir pour l'avenir, je partais à son chevet pour le lui dire, mais ce n'était pas un exercice facile parce qu'il fallait d'abord lui expliquer ce que c'est que la physique ou la chimie. Mes amis Sidiki et OT étaient épargnés de cette épreuve difficile qui m'enseignait l'importance de l'éducation, et surtout le coût élevé du manque d'opportunité scolaire.

Parmi les frères, Son Excellence M. Sorel Traoré, M. Almamy Oumar Traoré et Naby Conté étaient mes références. Mon respect et mon admiration pour leurs intellects ont fait d'eux des modèles et sources d'inspiration pour moi. Les pères de mes deux amis proches Elhadj Ibrahima Sory Traoré et Elhadj Yamoussa Conté — que Dieu soit satisfait d'eux — qui sont devenus mes propres amis par leur disponibilité. À chaque fois que j'avais l'opportunité de passer quelque temps avec l'un d'eux, l'occasion était mise à profit pour des cours improvisés, et des tonnes de questions étaient au rendez-vous. Imaginez un peu quand un élève qui étudie en langue nationale, susu, koko lala, rencontre les sages amoureux de la langue du Molière. Mes pères/amis avaient toujours du temps pour mes nombreuses questions. Mille fois merci pour leur générosité ; je prie mon créateur de les garantir les meilleures des places aux cieux.

Un jour, mon ami Elhadj Yamoussa Conté m'a posé une question sur la définition de la racine carrée en mathématiques. C'était à la fois un honneur et une chance d'être en position de donner à l'une des personnes qui m'ont tout donné, mais la grande difficulté était comment expliquer un sujet complexe de la façon la plus simple que possible ? Heureusement, la beauté des sciences exactes est qu'elles donnent des réponses universelles, mais la définition des éléments qui les composent dépend de la compréhension individuelle de chacun. C'est pourquoi, avec les questions mathématiques, je préfère donner des exemples et laisser mes interlocuteurs définir le concept en fonction de leur compréhension du sujet. À cet effet, j'ai donné trois exemples à mon ami en ces termes : la racine carrée de 4 est 2 parce que 2 est le seul nombre au monde qui peut être multiplié par lui-même pour donner

4. La racine de 9 est 3, la racine carrée de 16 est 4, etc. Par ces exemples, mon ami qui se doutait de sa capacité de compréhension du sujet s'est vu transformer en maître de circonstance. La curiosité est un élément fondamental dans la recherche du savoir quel que soit l'âge ou le niveau de connaissance. L'envie de comprendre et de connaître le fonctionnement de nouvelles choses est un bon aliment pour le cerveau, dont l'exercice aide à améliorer la compréhension des autres et taille la capacité de jugement. On peut se demander de l'intérêt que porte de ce sujet de mathématiques pour mon père Conté parce qu'il n'y avait aucune chance pour qu'il soit un jour demandé à résoudre une équation de cette nature, mais au-delà de cette vision simpliste de la chose, le bénéfice de pousser l'esprit à s'exercer et être occupé à penser en dehors de son cercle de routine, est incalculable pour un homme à la retraite dont les activités quotidiennes se résument principalement à l'adoration de son créateur, c'est-à-dire une vie partagée entre la maison et la mosquée. Ce qu'il faut retenir de cet échange entre mon père Conté et moi sur ce sujet, c'est le message fort qui s'exprime par le fait qu'il n'y a pas d'âge limite pour apprendre et que la recherche du savoir doit être une activité permanente tant que nous avons encore un petit souffle sur Terre.

Mon frère Naby était fonctionnaire, un comptable des premières écoles de commerce de Guinée. Il est doté d'une bonne connaissance de l'histoire, la sagesse et culture universelle enviable. Il était l'un de mes meilleurs amis des grands frères. Je passais assez de temps avec mon frère Naby Conté ; avec lui c'est l'école en permanence avec une méthode de communication unique ; de l'humour aux récits du passé dans un langage remarquable. Des questions telles que donne-moi cinq noms féminins qui se terminent par la lettre t, embellissent nos rencontres. À chaque fois que je trouvais des réponses comme la dot, la jument, la part, la mort, la dent, etc.., je recevais des éclats de sourire et des gentils mots d'encouragement. Il aimait des récits comme : « Un cavalier maure disait à son cheval maure : si tu mords ton mors tu seras mort ». Mon frère Naby était très affectueux et disponible. Je n'ai pas pu vaincre ma timidité envers mon frère Sorel ; toutefois, j'étais un distant admirateur qui célébrait toutes ses bonnes nouvelles académiques et diplomatiques. Mon frère Almamy Oumar, un notre modèle, avait une vie très occupée avec un agenda rempli. Je ne pouvais pas faire de lui un ami personnel comme j'avais eu la chance avec mon frère Naby, mais je suivais attentivement ses actions pour inspiration. Il était aimé de tous, et chacun souhaitait avoir une partie de son temps. Comme son grand frère Sorel, il passait assez de temps de sa vie estudiantine à l'École normale supérieure de Manéah (devenu aujourd'hui l'Institut supérieur des Sciences de l'Éducation de Guinée). Après ses brillantes études, il était professeur à la fac, entrepreneur, politicien et président du conseil de notre quartier Touquiwondy. Nous avons été surpris de le voir quitter la Guinée à un moment où le destin du terrain politique semblait être en sa faveur. J'avais finalement appris que c'était pour la bonne cause : celle de l'éducation de ses enfants en occident. Aucun sacrifice n'est de trop lorsqu'il s'agit de mettre sa famille à l'abri de l'ignorance et offrir à ses enfants les meilleures opportunités pour la bonne éducation académique. Une décision aussi noble que respectable ; celui qui soutient sa famille est l'être le plus important que nous avons ; c'est ce que plusieurs personnes de valeurs démontrent au quotidien par les bons soins qu'elles portent à leurs membres de familles.

L'HERITAGE EN AFRIQUE

En Afrique, tout le monde est héritier sauf ceux qui refusent de prendre leurs responsabilités. Mais contrairement à d'autres endroits dans le monde, l'héritage en Afrique ne comprend pas forcément que les moyens matériels, mais aussi les charges et responsabilités familiales qui étaient en grande partie toujours portées par le chef de famille. Personne ne peut enseigner la hiérarchie aux jeunes Africains, surtout quand on est le benjamin d'une grande famille. C'est quelque chose qui est connu par observation dès l'âge mineure. Tout d'abord, le père, qui est le chef de famille, et ensuite la mère, ou les Mamans dans les familles polygames, puis les grands frères et grandes sœurs qui sont suivis des cadets, enfin les benjamin(e)s qui sont en bas de l'échelle hiérarchique. Très souvent ce dernier groupe est considéré à tort ou à raison comme les plus aimés de la famille, ainsi ils expérimentent avec toute sorte de jalousie de leurs aînés. Cette hiérarchie familiale forme la chaîne du respect, le droit de naisse qui vient avec le pouvoir familial, où le plus âgé a toujours les derniers mots. Cette chaîne qui donne le pouvoir par ordre de naissance, autrement dit par ordre d'arrivée en famille, vient avec des responsabilités. Quand le père est absent, les responsabilités, le pouvoir, et les obligations du père reviennent au grand frère, l'aîné de la famille. Aujourd'hui, je constate malheureusement que cette hiérarchie a changé.

Or, le vent du matérialisme et de l'orgueil a fini par fragiliser cette culture familiale. Maintenant dans plusieurs familles, le respect qu'on accorde à l'aîné dépend de sa surface financière qui dicte le rang social et l'influence que chacun peut avoir dans les familles. Ce n'est pas l'Afrique que ma génération a connue. C'est regrettable, car ce nouvel ordre n'a guère à voir avec le respect des valeurs et la solidarité légendaire d'autrefois. L'aîné pouvait être le plus pauvre des enfants, mais cette faible position matérielle était dissociée du respect familial. Par conséquent, rien ne se passait sans lui, son accord et sous ses ordres. Quand un petit frère a un enfant dans sa propre famille, il doit par signe de respect passer par l'aîné pour demander ses conseils, certains détails quant à l'organisation du baptême de l'enfant et les méthodes courtoises à utiliser pour informer les beaux-parents, l'autorisation pour le lieu du baptême, et le nom de l'enfant. L'aîné de la grande famille était au centre de tout.

Dire que je suis né d'une famille pauvre dans un pays où plusieurs familles vivaient des situations difficiles, est une insulte à la pauvreté parce que mes parents avaient une concession, mon père en sa qualité d'ancien ouvrier des chemins de fer de Guinée à la retraite, recevait sa pension et des loyers de quelques annexes qu'il avait construites autour de la grande maison qui abritait la famille.

En l'observant gérer la grande famille où chacun mangeait correctement les trois repas traditionnels par jour alors qu'il ne travaillait pas, c'était pour nous un message fort et une preuve vivante d'une gestion rationnelle de l'énergie de la jeunesse. *Ceux qui refusent de travailler quand il faut travailler, ne se reposent pas quand il faut se reposer.* C'était évident que le père était préparé pour la vie du chef de famille à la retraite. Son style de vie nous a enseigné que *gaspiller l'énergie de sa jeunesse est une candidature au poste du vieux menteur sans ressources.*

Il n'était pas riche, mais suffisamment bien pour mener sa vie tranquillement avec une liberté de ton en toutes circonstances. Toutefois, il est évident que nous avons connu des moments difficiles après le décès de mon père en 1983. Mon père était un ancien cheminot que je n'avais pas trouvé en position de travailleur. Durant toute mon enfance, j'ai connu un vieux père à la retraite qui s'occupait essentiellement de l'éducation de ses enfants avec rigueur et application, mais de plus en plus perdait sa force sous le poids de la maladie. Mon père a mis du temps avant d'avoir la chance d'embrasser ses premiers enfants, donc cette situation particulière a créé une différence d'âge énorme qui nous a volé une bonne partie de la chaleur paternelle et la complicité que tous les enfants entretiennent avec leurs parents.

Après le décès de mon père, lorsque j'avais 17 ans, je me suis retrouvé face à d'énormes responsabilités avec un destin incertain. Mon petit frère Mohamed Amie Soumah, le dernier de la famille, est devenu une partie de mon héritage. Bien que collégien en ce moment, j'ai désormais la responsabilité de son éducation, le transfert des valeurs familiales, de l'identité religieuse et culturelle comme je les ai reçues de nos parents. Il est évident que cet exercice qui demande de la maturité et du leadership n'était pas une chose facile pour celui qui, lui-même était un enfant en apprenant des valeurs auxquelles il a maintenant l'obligation de passer à un autre.

Quand j'étais au lycée et Mohamed qui avait déjà accusé deux années de retard par rapport à sa scolarité du fait qu'il ait passé plus temps comme élève dans une école coranique, il devait nécessairement commencer l'école publique l'année à laquelle j'ai eu la conscience du retard de sa situation scolaire qui commençait à m'échapper.

Mes premières tentatives pour son inscription à l'école primaire de Touguiwondy avaient échoué, et le facteur d'âge était précisé comme la seule et unique raison. On m'a dit qu'il dépassait l'âge d'inscription pour la première année, ce qui était vraiment ridicule. Lorsque de telles situations arrivent dans la vie, la façon de les gérer est plus importante que les situations elles-mêmes. Je suis sûr que ma difficulté à inscrire mon frère à l'école était également liée à mon jeune âge parce que ce n'était pas commun de voir un enfant tenter d'inscrire un autre à l'école, alors personne ne me prenait au sérieux parce que je n'avais rien à proposer en matière de compensation financière. J'ai finalement compris que cet argument d'âge était une invitation à faire une proposition matérielle, mais comment quelqu'un qui n'a rien à proposer peut-il en faire une ? C'était la grande question ; toutefois, je n'avais jamais oublié comment j'étais inscrit à l'école, alors j'ai utilisé la version améliorée du père. Cette fois-ci, comme les raisons du refus étaient différentes, il fallait utiliser une approche nouvelle, celle d'amener les maîtres à leur sens humanitaire en leur donnant le sentiment d'avoir aidé un enfant orphelin. Je partais les rencontrer dans leurs familles, me mettais à jouer avec leurs enfants en attendant l'arrivée du père. Finalement le « non » a fini par s'effondrer sous le poids de la persévérance — et surtout puisque j'y croyais énormément et mon petit frère a finalement eu la chance d'obtenir son inscription à l'école primaire de Touguiwondy. Ce premier exercice dont je n'avais aucune connaissance parce que semblait être réservé aux adultes, m'a enseigné une bonne leçon. Le « non » est un élément qui teste le niveau de détermination et l'importance que le demandeur accorde à sa demande. C'est le début de la conversation qui ne devient la réponse finale que lorsque le désir de celui qui demande est fragile, et le pourquoi de son action n'est pas suffisamment solide. En pareille circonstance, l'homme est beaucoup plus à la recherche des excuses faciles pour sa satisfaction morale que de trouver des voies et moyens pour continuer la conquête de l'objectif jusqu'à ce que le « non » devienne le « oui » de la victoire.

Parfois on peut être tenté de citer les noms de toutes les personnes qui, à un moment donné de notre vie, ont bien voulu ou tout au moins participé à l'écriture de notre histoire. Dans une large mesure, il n'y a rien de mauvais à cela aussi longtemps que leurs noms aient été mentionnés pour les rendre des hommages mérités. C'est pourquoi la sagesse conseille de faire une petite évaluation d'impact de cette décision parce que tout doit concourir à relater un fait sans porter préjudice aux autres, surtout quand ils n'ont aucune chance de se défendre ou de contredire les affirmations qui les concernent. C'est avec ce sentiment que j'ai décidé volontairement d'éviter les noms qui sont associés à des actes qui peuvent être mal jugés ou interprétés sous des angles qui ne répondent pas à l'esprit de ce livre. Parce qu'il faut essentiellement écrire pour rendre hommage et aider les plus jeunes à éviter les erreurs que j'ai commises en les poussant à faire mieux que moi dans les endroits où je n'ai pas pu m'en sortir.

À cet effet, pour tout ce que nous faisons dans la vie, l'énergie doit être beaucoup plus sur les œuvres qui construisent que celles qui nuisent sans apporter la moindre amélioration à notre vie. Il est bon de donner, mais les dons qui détruisent l'image des bénéficiaires doivent être évités. Écrire les noms de ceux qui ont dit « non », c'est assassiné le caractère de certaines bonnes personnes, qui ne faisaient que jouer le seul rôle qu'ils pouvaient dans la constitution de mon destin. Aussi bien il faut lutter pour le respect et la reconnaissance du bien, autant il faut faire tout ce qui est possible pour ignorer l'identité de ceux qui disent « non » tout en les remerciant pour leurs actions qui étaient déterminantes dans la construction des personnes que nous sommes devenues. On ne répète assez, qu'il est souvent préférable de voir le bon côté des autres.

LES GENS SONT LIBRES DE DIRE « NON »

Il est important de comprendre la nuance ; dire « non » ne veut pas dire que l'intéressé est mauvais, les gens sont libres de dire « oui » ou « non » ; tout dépend de la demande et les contreparties qu'on leur propose et leur volonté à accéder à la demande sans porter préjudice à leur désir de le faire, ou à la compensation qui correspond à la valeur qui satisfait après avoir laissé le don quitté leur possession.

Certes, l'homme peut pardonner, mais sans oublier la mauvaise action du malfaiteur. Cependant, le pardon reste l'un des caractères les plus remarquables qui différencient les hommes. Le pardon est l'un des rares dons qui profitent beaucoup plus à celui qui le donne qu'à celui qui le reçoit. Je n'oublie jamais mes bienfaiteurs, mais je fais tout ce qui est nécessaire pour ne pas me rappeler des erreurs des autres à ma place. Une fois de plus, il est mieux de juger les gens par leurs meilleurs gestes que par leurs faiblesses.

Au lieu de se demander pourquoi l'autre s'est comporté ainsi, il est préférable de trouver ce que vous pouvez faire pour changer la donne. Vous n'avez aucun contrôle sur les autres, alors cette question sur leurs motivations est un procès qui fait perdre de l'énergie sans donner la moindre solution au problème. En revanche, vous êtes la personne que vous connaissez mieux, la personne que vous contrôlez, alors vous êtes garanti d'un pouvoir absolu sur l'action de votre personne. C'est pourquoi le réalisme exige qu'on travaille sur son propre caractère plutôt que de perdre du temps pour des critiques stériles sur des autres qui ne peuvent rien changer à leurs personnalités.

LES CRITIQUES FONT DU BIEN

Il y a deux catégories de personnes que nous rencontrons tout au long de nos vies. Deux groupes avec des agendas opposés, mais chacun a sa place dans nos petits mondes. Chacun contribue à améliorer qui nous sommes en sa manière. Deux groupes nécessaires pour le développement personnel et pour des sources d'inspirations. Aucun des deux ne peut efficacement jouer le rôle de l'autre. Très souvent le premier groupe tente, mais très vite il se heurte à sa limite d'être ce qu'il est. Il est évident que les choses viennent avec leurs contraires ; c'est pourquoi en toute difficulté repose un bonheur immense sur son côté opposé, mais malheureusement la gestion de nos situations au quotidien, souvent dominée par l'émotion, ne donne aucune chance de découvrir la belle partie de nos moments difficiles afin de tirer le maximum de profit. Comme on le disait plus haut, des évènements nous arrivent tout au long de nos vies, mais nos façons de réagir sont plus signifiantes que la nature des évènements lors desquels nous sommes mis à l'épreuve. Pour éviter les foudres de votre impatience [sourire], voici les noms des deux groupes : les amis et les ennemis.

Les deux groupes sont importants : ils sont tous deux nécessaires en tant qu'indicateurs du progrès. Les amis sont là pour vous en toutes circonstances, ils défendent vos intérêts et soignent votre image ; que vous soyez présents ou absents. Leurs positions sont toujours connues d'avance sans ambiguïté, quelle que soit la situation. Ils vous conseillent ou critiquent en privé mais pas devant un témoin, et vous êtes sur leurs listes des priorités. Quand vous êtes en divorce idéologique avec quelqu'un, la place des amis est mécanique. Il est difficile de connaître ses vrais amis dans la prospérité, mais ils sont faciles à identifier dans l'adversité ou dans les moments difficiles. Le milieu n'existe pas dans une amitié sincère, vos amis vous connaissent dans la prospérité, et veillent sur vos excès. Toutefois, la contribution des amis est limitée parce qu'ils ne peuvent pas jouer efficacement le rôle des critiques viscérales qui est le domaine de compétence des ennemis.

Les ennemis sont également nécessaires dans nos vies. Tout dépend de comment on gère leurs regards critiques. Ils contribuent à montrer que la vie n'est pas faite de sens unique. Ils aident à comprendre et à gérer le sentiment du rejet. Il ne faut pas être sourd à leurs cris parce qu'ils donnent ce que les amis ne peuvent pas produire, et le plus important ils expriment l'avis de plusieurs personnes sur vos actions. Les critiques, quand elles sont fondées, doivent être accueillies comme une opportunité pour s'améliorer. Quand elles ne sont pas fondées, elles doivent être utilisées comme un instrument de mesure du progrès parce que les pires des ennemis souffrent du succès de l'autre. Ceux qui critiquent ne sont pas toujours des ennemis, mais l'arrogance de l'être humain lui rend incapable de reconnaître et de célébrer le bien de ses critiques. Les ennemis doivent être utilisés comme sources de motivation pour vous pousser à travailler plus durs et de faire attention dans les prises de décisions. La meilleure façon de combattre l'ennemi est de lui faire tourner son propre fusil contre lui par le biais du progrès et de la multiplication de bonnes nouvelles qui affaiblissent le cœur de l'ennemi. Ne perdez surtout pas votre temps à vous engager dans un débat improductif. Faites plutôt en sorte que ceux qui souhaitent votre chute assistent à votre ascension.

MON DERNIER COUP DE FOUET

J'étais très heureux que mon frère Mohamed ait été admis à l'école, mais cette action n'était que la première et minime partie dans la vie d'un élève qui n'avait plus droit à l'erreur. Contrairement à mon parcours à l'élémentaire avec deux échecs, Mohamed faisait son entrée avec deux années de retard par rapport à ses amis d'enfance, donc les cadeaux de la trêve étaient déjà consommés. J'étais très à l'aise à aider les lycéens et collégiens, mais très limité pour les enfants des écoles primaires dont l'apprentissage demande beaucoup plus de pédagogie et de patience, alors aider mon frère avec ses devoirs à la maison n'a pas été facile pour le départ.

Certains atouts de la jeunesse sont l'enthousiasme et le sentiment qui fait croire qu'on est capable de tout faire. Ainsi, le mot impossible n'a aucune place dans la vie d'un jeune homme qui est obligé par les circonstances de la vie à jouer certains rôles qui, souvent relèvent du domaine des adultes. Il semblait alors tout à fait naturel qu'un élève du niveau supérieur soit capable de transmettre son savoir à un autre qui exerce le niveau inférieur. Mais dans la pratique, on se rend compte que les choses ne sont pas aussi faciles que l'apparence laisse croire. Tout a commencé avec enthousiasme et l'ardent désir d'un grand frère qui était prêt à tout donner à son benjamin, mais très vite cette belle atmosphère a cédé sa place à la nervosité de l'instructeur du moment qui, par manque d'expérience était devenu trop exigeant contre l'apprenant qui n'était qu'à ses débuts sur les bancs du primaire.

Malheureusement, la violence fait partie des méthodes d'éducation que j'aie connues, et cela a fait que je ne pouvais pas voir le côté négatif de ces manières de faire, donc la possibilité de les éviter était très minime pour moi compte tenu du fait que je n'avais pas la bonne pédagogie comme mode de transfert du savoir.

Un soir, j'étais au tableau avec mon petit frère pour l'aider avec ses leçons sans savoir que c'était moi le vrai élève à ce moment-là. À chaque fois que je demandais à mon frère de répéter quelque chose, il essayait tant bien que mal, mais je n'étais pas du tout satisfait de ses réponses. Alors je perdais de la patience et j'élevais le ton de ma voix sans trop me rendre compte que cela ne faisait qu'aggraver la situation en ajoutant à la peur et la confusion de mon frère innocent. Finalement, j'ai perdu la tête et lui ai donné un coup de fouet. Sans crier gare, il a versé des larmes qui ont profondément touché mon cœur.

C'était l'un des moments les plus difficiles pour moi ; encore aujourd'hui, je continue à regretter cette action barbare et injustifiable. On apprend et crée l'amour de l'apprentissage dans la joie, mais absolument pas dans la douleur. J'ai quitté mon frère pour, à mon tour, aller verser des larmes dans la chambre. J'étais fâché contre moi-même, mais la bonne nouvelle était que j'avais beaucoup appris sur moi-même et ma mauvaise méthode pédagogique. La séance de ce jour s'était terminée avec tristesse.

Le lendemain, quand j'ai invité mon frère à la même place, il avait peur, mais très vite il s'est rendu compte que c'était un homme nouveau qui lui parlait. J'avais le sourire avec la nouvelle méthode, et le fouet était complètement écarté.

On me dira que certains enfants ne comprennent que le langage du fouet ; mon frère ne figurait pas parmi eux. Toutefois, c'est un sentiment que je comprends parfaitement pour avoir eu la chance de grandir dans de tels environnements et vivre plus de deux décennies aux USA. Ce que le côté négatif des deux systèmes fait aux enfants donne très souvent des messages confus à ceux qui ne prennent pas le temps d'évaluer la pratique.

Nous l'entendons assez souvent : l'être humain est né libre. Il y a une vérité dans cette phrase, mais la réalité prouve que ce n'est pas totalement le cas parce qu'on naît dans une société avec ses cultures et manières de faire qui sont appliquées à l'enfant dès sa naissance. Alors, cette liberté dont on parle existe sous sa forme légère. Le message qu'il faut tirer de cette affirmation de l'homme libre est de comprendre que ce que la conscience d'un homme libre peut donner à la société, ne peut pas être comparable aux produits d'une personne opprimée et forcée de faire des choses contre sa volonté.

Une personne qui est contrainte d'accomplir une tâche n'est pas nécessairement convaincue du bien-fondé et des avantages de cette action. La tâche va continuer à être accomplie aussi longtemps que l'exécutant ne trouve pas les moyens de sa liberté face à la contrainte appliquée sur elle, mais si on explique à une personne les avantages liés à la connaissance d'une activité et l'intérêt qu'elle peut tirer de manière que la personne ait le désir de s'approprier de l'idée et avoir l'ambition de devenir l'une des personnes qu'on essaie de présenter, il est évident que l'apprentissage deviendra bien plus acceptable.

Ma première rencontre avec mon petit frère dans la salle de révision m'a donné assez de leçons. Quand je regarde le film du passé, c'est comme un aveugle qui — pour la première fois — décide de conduire et prend une voiture sans savoir les conséquences de son action.

La vie est souvent gentille et généreuse, mais peu clémente à l'amateurisme et à l'improvisation. Toute chose qui prépare un bon résultat pour le futur doit être dans l'esprit du futur ce qui demande de la préparation. La volonté et la réalité ne peuvent pas faire un bon mariage sans une préparation préalable et de la bonne compréhension des raisons de leur union.

Conscient de ma mauvaise sortie dans laquelle la bonne volonté a été affectée par la mauvaise préparation, la deuxième fois devait être bonne et elle l'a été, et même très bonne parce que j'avais accepté de me remettre en cause et d'apprendre de mes erreurs. Ce qui m'a permis une bonne préparation mentale pour mieux faire et définitivement éliminer toute possibilité de répétition des mêmes erreurs qui, jusqu'à aujourd'hui continuent leur présence dans mon esprit.

Avant notre deuxième rencontre, j'ai essayé d'avoir une bonne liste de ses amis de classe avec un accent particulier sur ses adversaires du quartier et amis de terrain de jeux. À chaque fois qu'il manquait une bonne réponse à une question, ma réaction était un gros sourire, suivie d'une comparaison qui réveillait son orgueil en le poussant au bout de son imagination. Très souvent je disais : « Même ton ami Alhareny connaît ça. Il faut encore essayer ». Ou bien, « Tu veux que je l'appelle pour t'aider ? » Sa réponse était : « NON, pas du tout », accompagnée d'un gros sourire.

Cette méthode s'est révélée à la fois plus souple et efficace, et crée un environnement propice à un bon apprentissage en douceur. Nos échanges étaient devenus beaucoup plus agréables, et le temps passé ensemble semblait être très court pour nous deux. Son désir de ne jamais se laisser faire par ses amis le poussait à fournir plus d'effort pour finalement trouver la bonne réponse. Cette stratégie de douceur essentiellement conçue pour l'aider à tirer le maximum de lui-même a fini par produire le meilleur résultat, ce qui ne pouvait pas être obtenu avec la violence, cependant, avait commencé à alimenter un sentiment de frustration et un dégoût pour les études chez lui.

LE ROLE DES PARENTS

Cette expérience avec mon frère m'a permis de comprendre assez de choses sur le comportement des êtres humains et a suscité en moi beaucoup d'interrogation sur les méthodes et les formes d'éducation que notre génération avait connues. Elle m'a donné une autre lecture sur le rôle et les responsabilités des parents, le succès ou l'échec des enseignants et ce qui fait en sorte que les enfants les plus dotés d'intelligence finissent par dégoûté par l'école, puis l'abandonnent avant qu'ils n'aient la chance d'explorer leurs talents naturels. Actuellement les choses ont changé, et seuls ceux qui acceptent le changement avec la capacité d'adaptation à la réalité du moment peuvent se porter bien. Cela étant, il faut pouvoir imaginer et inventer de nouvelles méthodes qui répondent aux épreuves de chaque instant. *On ne peut pas éduquer les enfants d'aujourd'hui avec les méthodes d'hier, qui ne sont ni* efficaces ni efficientes. Elles ne sont même pas acceptables pour la société actuelle car elles sont brutales et contre-productives. À notre enfance, la méthode de punition corporelle était encore utilisée chez presque toutes les familles. Quand un enfant est en faute, à l'école tout comme à la maison, la première sanction disciplinaire est l'usage des fouets contre son corps, ou des corrections similaires de nature à sentir la peine dans la chair.

Certaines personnes de cette génération gardent encore les cicatrices de ce mauvais traitement sur leurs corps avec des souvenirs désagréables d'une, ou de plusieurs actes de violence pour des petites fautes qui parfois, pouvaient être corrigées efficacement par de simples conversations entre parents et l'enfant.

On ne dira pas assez que cette méthode brutale et controversée peut, par peur de recevoir des peines, freiner les enfants à faire certaines choses jugées inacceptables par les parents, mais son efficacité dans la durée reste encore à prouver. L'une des conséquences nuisibles de cette pratique est qu'elle peut créer de l'enfant un adulte violent du futur avec une forte probabilité de devenir un époux abusif.

Le mauvais comportement de certains jeunes de la génération actuelle, qui pourtant ont le privilège d'avoir des parents moins violents et amoureux des méthodes souples, peut amener à se faire des interrogations sur les outils qu'on utilise maintenant pour l'éducation des enfants. C'est une remarque pertinente qui doit être analysée en profondeur pour que chaque parent puisse faire l'autocritique et l'auto-évaluation afin d'aboutir à des formules appropriées et adéquates pour ses enfants, mais il faut absolument faire attention pour ne pas être tenté de faire un parallèle avec la méthode du passé essentiellement basée sur la violence.

Aucune personne ne doit être soumise aux exactions corporelles et mentales pour être forcée à faire quelque chose contre sa volonté. Certains diront que cette méthode a contribué à bien éduquer les adultes d'aujourd'hui, mais c'est en ignorance totale de ses impacts négatifs sur plusieurs personnes et des dommages psychologiques invisibles qu'elles portent pour le reste de leur vie. Avant dans certaines familles, la pire des sanctions était d'affamer l'enfant pour quelques heures, mais aujourd'hui cette méthode violente n'a aucune valeur ajoutée puisque de toutes les façons l'enfant de ce siècle peut ne même pas se rappeler du temps de manger lors qu'il est consommé par l'utilisation de ses instruments électroniques. Il peut passer des heures sur sa tablette sans se rendre compte de la rapidité avec laquelle la journée s'éclipse, et la meilleure façon de discipliner un tel enfant après avoir essayé le dialogue, c'est donc de lui retirer la tablette.

On peut également noter que certains parents ont tendance à imposer aux enfants la personnalité qu'ils souhaiteraient devenir en pensant que les rêves et opportunités qu'ils ont manqués peuvent être transmis à leurs enfants ; en quelque sorte, choisir le destin de l'enfant sans connaître son potentiel à y arriver. Par exemple, un parent peut regretter de ne pas avoir choisi la médecine pour son métier, qui impose ce choix à son enfant sans se soucier de ce que l'enfant veut pour lui-même. Ou un couple de professeurs agrégés en physique qui ne comprend pas le choix d'un de leurs enfants qui préfère devenir footballeur au lieu de faire les hautes études comme eux. C'est une forme de dictature douce exercée inconsciemment sans savoir que l'acte entretenu au nom du bien, est un mal qui ne peut que produire les effets contraires aux bonnes intentions qui motivent leurs actions.

L'une des meilleures contributions des parents dans l'éducation des enfants, est de chercher à découvrir leurs talents naturels le plus tôt que possible afin de les orienter sur ce chemin, et aider à accomplir leurs rêves dans le domaine où ils peuvent mieux exploiter leurs dons naturels. On ne peut forcer un forgeron à devenir chanteur. Chaque personne a du talent dans un domaine spécifique, quelque chose qu'elle peut faire mieux que les autres ; une activité dans laquelle son génie créateur explose et force l'admiration des millions de personnes. Un métier qui semble être difficile pour la plupart des personnes, mais quant à elle, l'exécution est aussi facile que la respiration. Très souvent quand l'être humain ne trouve pas l'intérêt à faire une tâche, ou que ça devienne particulièrement pénible sans aucune envie, ou éléments qui motivent, c'est qu'elle n'est certainement pas à sa place. La majorité des personnes à cause des mauvais choix, meurent sans avoir la possibilité de découvrir leurs talents, et par conséquent, perdent l'opportunité d'offrir au monde le meilleur de leurs talents. Si Michael Jackson avait été menuisier, il est évident que sa popularité n'aurait pas atteint l'échelle mondiale. Il doit en partie ses immenses contributions au monde à son père qui l'a poussé sur le chemin de son destin.

LE MAITRE ALEXI CAMARA

Quand mes activités sont devenues intenses avec la préparation du baccalauréat et mes multiples groupes de révisions, il était nécessaire de chercher le support de quelqu'un d'autre pour que mon frère continue à être le meilleur élève qu'il pouvait être. C'est dans ce cadre que j'ai pris contact avec un grand frère du quartier qui s'appelait M. Mohamed Alexi Camara (paix à son âme). Grand frère Alex était un passionné des sports, de la culture et tout ce qui était lié aux activités scolaires et sportives des jeunes et enfants. Il avait commencé avec un petit groupe de révision de quelques enfants du primaire et finalement le groupe qui était créé pour occuper ses temps libres était devenu une école maternelle et primaire pour certains. Je suis allé le rencontrer pour lui expliquer ma situation et lui confier mon petit frère. Comme tous les parents, l'obligation était faite à chacun de lui donner une somme symbolique par mois comme rémunération, ce qui n'était pas facile pour l'élève que j'étais. Or, lorsque chaque fin de mois je me trouvais en position de payer, j'étais parmi les premiers à s'acquitter de leurs obligations mensuelles, mais les mois où je n'avais pas la possibilité, j'attendais après que certains finissent de payer, pour aller enfin lui parler, négocier et s'arranger. Les négociations sont devenues de plus en plus fréquentes que les paiements. C'est ainsi qu'un jour, j'ai décidé de rencontrer mon frère Alexi pour lui remercier de tous les services rendus à notre famille et enfin lui demander de bien vouloir accepter le départ de mon petit frère de l'école parce que je n'étais plus confortable à lui dire les mêmes choses chaque mois au lieu de lui payer son argent comme les autres parents d'élèves. M. Alex était très ému et m'a répondu, « M. Soumah, en réalité c'est moi qui dois vous payer plus d'argent car ton petit frère est chanceux pour cette école parce que c'est lui qui enseigne aux autres élèves et il surveille les enfants même quand je suis présent. Il a au moins trois classes qui comptent sur lui. C'est une chance de l'avoir, et je suis très fier de lui. À partir de ce moment, toi et moi on ne parlera plus d'argent. » J'étais à la fois soulagé, libéré de ma honte, et surtout, très fier de mon petit frère, Mohamed. J'avais des larmes de joie et une fierté qui donnait des raisons de rêver à un meilleur avenir pour mon petit frère. Mohamed était aimé et respecté par ses amis et les autres parents grâce à son caractère sérieux et sa performance académique ; même après son cycle de l'école primaire, il est resté avec maître Alexi pour l'assister avec les enfants, et il passait plus de temps chez lui que dans notre famille. Mohamed était tout simplement très attaché à la culture de l'apprentissage et sa formation académique s'est terminée avec succès au Master I et II en électronique à l'Université de l'Ile en France.

LA PUNITION DU PROFESSEUR

Au niveau terminal du lycée, lorsque nous préparions le baccalauréat et quelques jours avant des révisions intenses, notre professeur de français avait donné des devoirs pour faire à la maison et à rendre le lendemain. Malheureusement, moi et certains des amis étions absents, ainsi nous n'avions donc pas pris connaissance de cette obligation.

Mon ami Bamori Léno (paix a son âme) est devenu un membre de ma famille. Il vivait avec moi chez mon père ; notre relation d'amitié s'est vite transformée en relation familiale ; alors comme il était souffrant, je devrais l'accompagner à l'hôpital. C'était la raison de notre absence au jour où l'annonce a été faite pour le devoir. Une fois en classe le jour qui suivit, le professeur a demandé à tous les élèves de rendre les devoirs.

Certains par peur des représailles du professeur ont rapidement copié le devoir d'autres amis pour être sauvés des punitions parce que ce professeur s'était fait le nom dans ce sens, mais moi, mes amis Fodé Mamoudou Camara, et Bamori Léno, non. Lorsque le professeur a constaté l'absence de nos feuilles, il nous a demandé des explications. Je lui ai dit que j'avais accompagné Bamori à l'hôpital et que je n'étais pas informé du devoir à rendre. Il a demandé à Bamori de s'asseoir. Ce dernier était sauvé, mais Fodé Mamoudou et moi sommes restés debout. Nous avons été accusés d'être des élèves récalcitrants et pour nous prouver notre refus systématique et désobéissance, il disait que si nous étions soucieux et respectueux, nous aurions même pu copier chez d'autres amis. Je lui ai dit que je n'avais pas trouvé ça normal. Le professeur, énervé, nous a demandé d'écrire sur des papiers blancs plus de mille fois la phrase « *Plus jamais je ne vais refuser de faire un devoir donné par un professeur* ». C'était la sentence du jour pour la faute commise. Au début nous avons pensé que c'était banale et avons commencé l'exécution, mais très vite on s'est rendu compte de son caractère nuisible en matière de consommation du peu de temps qu'on avait pour les révisions des multiples matières à couvrir parce que nous étions devenus captifs d'une situation qui ne donnait aucune chance de faire quelque chose d'autre. Alors, j'ai suggéré à Fodé Mamoudou d'arrêter l'exercice qui commençait déjà à compromettre nos chances de réussite, mais plutôt aller chez le professeur pour lui demander pardon ; une façon de jouer sur ses fibres sensibles à notre sort. Il était évident que négocier avec lui pouvait offrir la meilleure alternative possible. Nous étions convaincus que notre visite à son domicile allait toucher son cœur, ainsi obtenir sa grâce qui nous aurait sauvé beaucoup de temps, donc il fallait essayer ; de toutes les façons, je disais à mon camarade de classe que nous n'avions rien à perdre en lui demandant pardon. Le professeur était absent quand nous sommes arrivés chez lui. Nous nous sommes assis sous le manguier près de sa porte, et avons continué à écrire la célèbre phrase demandée par le professeur. Lorsqu'il est arrivé à la maison quelques heures plus tard, nous nous sommes respectueusement levés pour le saluer, puis il est rentré dans sa maison. Quelques minutes après, il est venu nous voir. Nous lui avons présenté des excuses après lui avoir montré le niveau d'exécution de la sanction, puis sollicité son pardon parce qu'on commençait à être trop en retard sur nos programmes de révisions.

Le professeur a renouvelé son « non » catégorique. Quand je lui ai supplié : « *S'il vous plaît monsieur, pardonnez-nous pour cette première fois ; il a répondu en disant : si tu ne veux pas que la deuxième fois vienne, il ne faut pas pardonner la première.* » Nous étions obligés de quitter le lieu sur la note de déception pour ne pas avoir pu convaincre notre professeur à quelques jours des examens du baccalauréat, donc il fallait choisir de faire ce qu'il demandait au risque de perdre assez de temps pour la préparation, ou faire face aux préparatifs et ignorer la sanction sans savoir ce qu'il allait faire après. J'ai opté pour le second choix. Par conséquent, le jour des compositions en français des examens préparatoires pour le baccalauréat, le professeur a pris un papier blanc pour écrire mon nom avec un gros zéro comme note finale en français.

Aujourd'hui, lorsque je revois ce scénario, je pense que cette sanction était contre-productive parce qu'elle était simplement faite pour faire du mal sans donner de bonnes leçons de vie. C'était notre dernier cours de français au lycée, donc la seule possibilité pour que nous rencontrions encore ce professeur en classe, c'était pour échouer au baccalauréat. Ce qui n'était pas une option à envisager, ainsi tous les efforts devraient être concentrés ailleurs.

En pareilles circonstances, il est évident qu'il pouvait faire autrement. C'était une bonne opportunité d'initier un dialogue franc et constructif entre professeur et élèves, des leçons de morale suivies par des conseils sur le rôle des devoirs de l'école dans la vie des futurs cadres que nous nous préparions à devenir.

OCCASION RATEE

Cette occasion pouvait être mise à profit pour nous parler des épreuves de la vie, la place des devoirs à faire, les avantages, les inconvénients liés aux habitudes d'effectuer un travail propre et livré à temps. Une telle approche aurait été beaucoup plus bénéfique pour nous, qu'une sanction dont l'utilité est difficile à prouver par rapport au temps choisi pour son implémentation. Cela m'amène à m'interroger sur les défis du système éducatif

LES DEFIS DU SYSTEME EDUCATIF

L'évolution qu'on note de notre système éducatif, prouve qu'il a besoin de beaucoup de retouches afin d'aider les formateurs à mieux servir les apprenants. Le programme d'études, à juste titre, est toujours indexé comme l'un des problèmes majeurs des failles du système, ce qui n'est pas incorrecte parce qu'on passe assez de temps à l'école pour peu de résultats en gaspillant l'essentiel du temps sur des programmes qui ne servent pas aux élèves dans la vie réelle. Néanmoins, il ne faut absolument pas occulter des nombreux défis à relever même si certains syndicats sont réticents à s'accentuer sur la question. Telle est la tâche pour le formateur.

L'enseignement est un travail noble dans l'exercice duquel la connaissance du sujet à enseigner ne peut pas être le plus dominant des critères d'évaluation pour le bon recrutement qui peut aider à atteindre les objectifs du métier. Au-delà de l'amour, et de l'éthique qu'il faut nécessairement avoir pour l'activité, l'enseignant doit être une bonne personne qui agit dans le sens de l'intérêt de l'élève. En cas d'indiscipline de l'élève, le choix des méthodes de correction doit être approprié et tenir compte de ce qui peut améliorer la faculté mentale des enfants au présent avec une bonne possibilité d'en faire usage dans leurs futurs métiers, donc pas d'actions punitives motivées par l'émotion de la colère contre l'élève et conçues essentiellement pour faire subir la peine sans produire du bien. La maîtrise de soi est un paramètre important dans le sac à outils des formateurs car tout doit répondre aux exigences liées à la délicatesse de l'esprit des jeunes apprenants.

En temps normal, l'enfant passe plus de temps à l'école qu'à la maison, et ce lieu devrait donc être un environnement qui invite et encourage la fréquentation. À cet effet, le rôle des enseignants est extrêmement important pour faciliter l'apprentissage, susciter de l'engouement et faire de sorte que le temps à passer dans la cour de l'école soit agréable et jugé par les élèves, un moment trop court à cause du fait que l'envie d'y rester plus longtemps repose sur la bonne qualité de leurs performances et méthodes de rétention des élèves.

L'école traditionnelle utilise beaucoup plus de méthodes punitives que celles des programmes qui incitent et récompensent l'excellence. Dans la vie réelle, cela s'interprète comme une obligation à la perfection, donc ça installe l'hésitation et empêche les enfants de prendre des risques parce que l'esprit est déjà modulé au mécanisme de zéro faute, alors que dans la vaste majorité des cas, la réussite vient après plusieurs essais et échecs.

On ne peut pas faire de grandes choses si l'habitude n'est pas construite autour des petites choses. Un élève ne doit pas perdre toute une année pour avoir manqué l'examen final. Du fait que l'esprit soit préparé à la compétitivité et que le succès académique soit lié à la capacité de retenir des théories enseignées par les maîtres, il va s'en dire que la curiosité et la créativité trouvent difficilement leurs places dans le cerveau parce qu'il est plus facile de copier chez les autres que d'utiliser leurs exemples comme une source d'inspiration pour créer ou améliorer considérablement ce qu'ils ont, donc en somme, si l'école est un recours pour certains, elle reste encore un handicap majeur pour la manifestation du génie créateur de plusieurs personnes. Et certains finissent par abandonner pour poursuivre des rêves qui peuvent bien être affinés à l'école avec des méthodes appropriées susceptibles d'accélérer le moteur de l'imagination.

Le système de notation de plusieurs établissements peut être amélioré pour suivre les différents changements afin de réajuster ces méthodes pour assouplir la durée des études.

À cet effet, l'acte de venir à l'école et d'être présent en classe à l'heure et à tout moment est un effort qui doit être salué, encouragé et récompensé. Il doit être hautement pris en compte dans les notes générales de sorte que son poids dans les critères d'évaluation soit mieux que la seule note totale des examens de fin d'année et que celui ou celle par des cas de force majeure, arrive à manquer les examens, soit autorisé à les faire sans être obligé de refaire toute l'année.

Les devoirs doivent être contrôlés à tout moment et en faire une obligation et faire partie des notes finales. Les parents doivent suivre les enfants et être suffisamment informés sur tout le processus d'évaluation, et la performance individuelle des enfants au quotidien doit être notée. L'élève doit être constamment occupé, et son attention doit être gardée sur l'esprit des études à chaque fois que nécessaire pendant les périodes ouvrables. On note avec satisfaction beaucoup de progrès dans ce sens avec certaines écoles privées en Afrique, mais malheureusement, les écoles publiques souffrent encore des pratiques qui ont urgemment besoin d'être améliorées.

Plusieurs cas montrent que lorsque l'élève ne comprend toujours pas même après des efforts d'explication, il y a de fortes chances que l'une de ces trois possibilités soit la raison :

1. L'élève a un processus d'apprentissage lent, ce qui demande plus de patience de la part du maître, certains diront que l'élève est inintelligent, ce qui n'est pas du tout évident.

2. Le professeur utilise une méthode qui semble être complexe pour le niveau de compréhension de l'élève.

3. Le professeur doit revoir la communication orale et corporelle, car il se peut qu'il soit en train de répéter la même méthode soutenue par des cris qui continuent à affoler l'apprenant et lui rendre l'apprentissage presqu'impossible. À ce moment-là, c'est la peur qui sera au contrôle du cerveau de l'élève, et il ne pourra rien comprendre par le fait que son attention soit désormais axée sur la peine ou des punitions qu'il soupçonne recevoir du professeur.

LE FREIN A LA RECHERCHE DU SAVOIR

L a spécialisation aveugle est un autre fléau sur la liste de nos problèmes, un frein à l'épanouissement intellectuel. Les scientifiques d'avant étaient à la fois de grands mathématiciens et des philosophes renommés. Aujourd'hui, quelqu'un qui fait les sciences sociales se plaît à dire qu'il ne connaît rien en mathématiques, sans gêne ni remords ou celui des mathématiques qui ne peut même pas former correctement de simples phrases dans la langue officielle qu'il pratique pour communiquer effectivement. Ce volet est important parce qu'il est relatif aux limites que les intellectuels fixent volontairement à l'épanouissement et l'expansion de leurs intelligences. Le cerveau humain a une grande capacité de développement, mais ceux qui n'y croient pas n'ont malheureusement pas cette option. Lorsque quelqu'un dit qu'il ne peut pas, il a raison.

LA CAUSE DES IDEES NON EXPRIMEES

Nous avons des ingénieurs qui vivent en permanence avec une constipation intellectuelle. Ils connaissent très bien le sujet, et ils peuvent identifier les problèmes et trouver des solutions, mais ils ne peuvent pas concrétiser leurs idées et les défendre effectivement à cause de leur faible niveau en leurs langues de travail. Ainsi, ils perdent leurs habiletés de convaincre les décideurs sur les biens fondés des dépenses relatives au coût des travaux à réaliser pour résoudre des problèmes afin de satisfaire l'intérêt des besoins collectifs.

Cette insuffisance à des effets négatifs sur leur productivité et influence la qualité de leur communication. C'est l'une des raisons qui font que de nombreux bons projets d'utilité public ou privé meurent dans les terroirs même s'il y a des moyens financiers et humains pour les réaliser.

C'est une tragédie pour notre génération en Afrique, et malheureusement, c'est nous qui sommes encore obligés d'utiliser les langues étrangères — des langues d'autrui pour nos propres communications officielles.

L'ARGENT ET L'ECOLE

L'école traditionnelle a formé plusieurs générations d'intellectuels qui sont restées sans aucune connaissance des outils qui permettent de comprendre les voies et moyens pour avoir de l'argent avec la chance de garder le niveau de vie de qui correspond à leurs rêves ; voilà pourquoi il n'est pas rare de voir des intellectuels bourrés de talents et de diplômes avec des poches vides parce qu'ils sont complètement illettrés en matière financière. Malheureusement, cette tendance et ces pratiques continuent encore à faire des victimes. Les élèves apprennent assez de choses au cours de leurs cursus scolaires, mais manquent une bonne partie de ceux dont ils ont besoin pour vivre décemment. La finance est un élément plutôt absent dans la plupart des programmes scolaires.

Il est incompréhensible et inacceptable qu'un individu passe plus de 10 ans de sa vie sur une tâche sans être capable de vivre du fruit de tous ses efforts. Comment est-ce que quelqu'un peut terminer toutes ces années d'études sans qu'on ne lui parle d'argent, ou des nouveaux outils que la technologie a offerts au monde pour que chacun puisse se développer mentalement et financièrement ?

L'argent dans les mains de celui qui ne le connaît pas devient un objet qui va le conduire dans des comportements bizarres qui le programment vers la pauvreté. Cependant avec une bonne connaissance du monde réel et peu d'argent, la chance de réussite est considérable. Enseignons à nos enfants la valeur et l'utilité de l'argent. Montrons-leur la différence entre ce qu'ils veulent et ce dont ils ont besoin. Il n'y a pas de liberté dans la pauvreté. On ne peut pas accomplir certaines choses sans argent. Pour être en bonne position de créer du bonheur chez des milliers de personnes et d'influencer positivement leurs vies, il faut de l'argent. Or, chacun doit se battre pour être utile à la société sur tous les plans — y compris pour avoir les moyens financiers qui permettent plusieurs talents de montrer leurs génies.

Il est important de signaler que cette notion de philanthropie ne fait pas la promotion d'une richesse à tout prix avec les méthodes illégales et illicites qui nuisent ou détruisent la vie des gens par la violation d'éthique. Il s'agit ici des méthodes propres issues du travail et des fruits de la créativité, de l'imagination et des actions concrètes. La mauvaise compréhension de la religion doit être écartée de cette analyse. On ne peut pas escroquer des gens pour aller construire des mosquées dans une localité qui a cruellement besoin d'eau potable et puis espérer pouvoir tirer des récompenses divines. Cela relève des effets négatifs des informations erronées et de la mauvaise lecture des recommandations religieuses.

LE PROBLEME D'ADAPTATION

Nous vivons dans un monde qui change très rapidement. Seuls ceux qui ont la capacité d'évoluer et de s'adapter vont bien se porter. Lorsque les opportunités se présentent, privilégiez le renouveau par le biais des formations appropriées qui correspondent aux besoins.

Ce perpétuel changement de notre monde nous expose à une fréquence de vie dont le rythme n'est pas facile à suivre car l'immense potentialité du bien vient avec des tonnes de distractions qui nous empêchent de se concentrer sur l'essentiel. Très souvent nous n'arrivons pas à comprendre, ou rencontrons des difficultés à nous adapter parce que nous ne sommes pas psychologiquement préparés pour le changement, et par conséquent, peu réceptifs et plus réticents.

Le monde évolue, mais les systèmes éducatifs dans les pays moins développés n'arrivent pas à suivre le rythme afin de mieux servir les apprenants. Encore aujourd'hui, malgré la présence des technologies qui peuvent aider les jeunes à trouver un emploi et augmenter leur revenu, l'école n'enseigne pas encore les avantages des réseaux sociaux. GAFAM (Google, Apple, Facebook, Amazon, Microsoft) et cie sont encore absents dans les programmes pédagogiques et les manuels scolaires de nombreuses institutions académiques.

Ce manque d'orientation pour des élèves sur les avantages de ces instruments fait en sorte que ces puissants outils sont abandonnés dans les mains des jeunes. Ils ne voient que le coté distraction qui vient avec tous les dangers en matière de consommation abusive du temps, de nuisances des intérêts, et l'assassinat des caractères de ceux qui ne partagent pas leurs points de vue sur des questions qui génèrent leurs intérêts. Il faut absolument prendre conscience du fait que le temps est un don précieux.

LES AVANTAGES ET LES INCONVENIENTS DES RESEAUX

Lorsqu'on exploite judicieusement le côté positif des réseaux au bénéfice des jeunes en leur expliquant son phénomène lucratif avec des exemples concrets des milliers de personnes qui sont en train de faire des fortunes sur les réseaux, cela va non seulement encourager la recherche pour approfondir leur connaissance, mais aussi va réduire la pauvreté et le chômage des jeunes. Certains vont commencer à gagner de l'argent avant même qu'ils ne terminent leurs études. D'autres pourraient même devenir des employeurs.

L'internet est à la fois une source d'opportunités et une source de malheur parce qu'on y trouve tout en fonction du centre d'intérêt de l'utilisateur. Comme le cerveau n'est jamais vide, il faut absolument qu'il soit occupé et orienté vers de bonnes choses — faute de quoi le vide sera rapidement comblé par des déchets nuisibles tant au porteur qu'à ceux qui partagent son environnement. Alors, les deux côtés des réseaux — positif et négatif — doivent être suffisamment détaillés aux élèves pour une meilleure compréhension des outils à disposition en ce qui concerne les conséquences de chaque action sur les réseaux.

LES DANGERS DES RESEAUX

Les réseaux facilitent l'accès à plusieurs bonnes ressources académiques qui autrefois n'étaient pas à la portée de tout le monde, mais en même temps, leur usage par ceux qui sont peu informés de ce qu'il faut et ce qu'il ne faut pas faire les expose beaucoup plus facilement aux cybercriminalités. C'est l'une des raisons que certains partagent des choses sur les réseaux sans réellement comprendre des intentions malicieuses qui motivent leurs productions. Cette limitation des jeunes en matière de ce qui est essentiel sur les réseaux, fait qu'ils y passent assez de temps sur des activités improductives parce qu'ils ne sont pas outillés des tonnes de métiers sur lesquels ils peuvent en faire usage.

LE VIDE ENTRETIENT LA CONFUSION

Le fait que les jeunes ne soient pas suffisamment informés sur la bonne utilité et les dangers de certaines pratiques des réseaux sociaux fait que les fraudeurs prennent l'avantage en les poussant à prendre des actions nuisibles sur les réseaux sociaux. La meilleure façon d'éviter de vivre malheureux ou être volontaire pour la pauvreté, est de pratiquer la discipline financière. Il ne faut pas régir juste parce que quelqu'un d'autre veut que vous le fassiez sans être convaincu vous-même de la nécessité de vos actions. La technologie est une réalité qu'il faut chérir afin d'être parmi ceux qui profitent de ses multiples avantages. Sinon, on risque de stagner sur le banc des consommateurs. C'est-à-dire, plutôt que les réseaux soient des outils de travail qui génèrent des ressources, ils vont être des machines qui incitent à dépenser de l'argent pour acheter des produits. Il n'y aucune personne au monde qui vous connaît mieux que vous-même. Par conséquent, vous restiez le meilleur juge des choses qui vous concernent. La grande capacité d'écoute est indispensable pour tirer le maximum profit de la sagesse des autres, mais votre jugement de ce qui fait que vous faites des choses reste l'élément déterminant pour le succès. Il y a des milliers de personnes qui manquent de sommeil pour produire des instruments qui renforcent la capacité de ceux qui font de l'argent sur les réseaux. Ces mêmes instruments sont utilisés comme trompette de marketing pour inciter les consommateurs à agir et s'engager dans des transactions commerciales qui n'étaient pas du tout leurs raisons initiales d'être en ligne. C'est pourquoi certains se retrouvent parfois en train d'acheter des articles pour leur utilité, mais parce que quelqu'un d'autre à des milliers de kilomètres d'eux a une capacité de contrôle du cerveau demande de le faire. On fait tout pour avoir peu d'argent et travailler dur pour les dépenser sans calcul ni conscience. Il y a des utilisateurs de réseaux qui partagent des textes à des centaines de personnes par mois sans un seul impact positif sur leurs vies, mais naïvement continuent à dépenser pour faire la même chose parce qu'un inconnu leur a dit de partager aux gens pour avoir le miracle dans trois jours. Des jours qui n'arriveront jamais, et ils ne se posent jamais de questions sur leurs actions malheureuses parce que leurs esprits ne leur appartiennent plus, le contrôle étant librement donné à des inconnus sur les réseaux WhatsApp, Viber, IMO, and WeChat.

Le phénomène va perdurer pour ceux qui préfèrent se nourrir des faux espoirs d'obtenir des choses par imagination plutôt que par le travail. *La prière est bonne, mais elle n'est pas exhaussée sans le travail.* Ceux qui se battent avec les deux mains ont une meilleure chance de bénéficier d'une main invisible qui leur est tendue. C'est la main de Dieu qui ne laisse tomber ceux qui ne se laissent pas tomber. En même temps, ceux qui dorment plusieurs heures sont aussi récompensés de rêves doux.

L'ignorance est le meilleur instrument de destruction personnel. C'est ce que les meilleurs réseaux donnent aux au moins avertis qui sont devenus leurs propres problèmes à cause de ce qu'ils font pour se détruire à volonté. Trop de monde utilisent le peu d'argent qu'ils ont pour acheter des unités de crédits téléphoniques pour propager de faux messages et SMS religieux sous une fausse promesse de résultats.

LA PENSEE POSITIVE OU NEGATIVE

L'esprit humain n'est que rarement vide ; il opère un peu comme le ventre à la seule différence qu'il ne réclame pas, mais trouve toujours des éléments pour le remplir. Par conséquent, si les élèves ne sont pas orientés vers les effets positifs des réseaux sociaux, beaucoup parmi eux vont continuer à les voir comme un espace de jeux ou un endroit pour entretenir la haine. Si le cerveau n'est pas occupé par la pensée positive, le vide peut être facilement comblé par des idées infertiles. *Les bagages de pensées négatives avec leur poids de haine et de jalousie injustifiée, font d'un être humain une personne sur Terre, mais qui n'appartient pas au même monde que son environnement*. La première lecture de cette pauvreté d'esprit est visible sur le comportement et la présentation physique. Le poids de vivre avec la haine fait de vous une personne qui n'est contente de rien, qui se plaint de tout, mais qui continue quand même à faire les mêmes choses sans être capable de penser à la solution alternative qui permet de changer la façon de faire pour un meilleur résultat.

Une personne heureuse est celle qui célèbre le bonheur des gens qu'elle ne connaît même pas. Une personne qui aime être associée au succès des autres, au lieu de les combattre pour freiner leurs rêves. Une personne qui prie pour les autres en difficulté même s'ils ignorent sa présence.

La pensée positive permet de célébrer l'avoir avec l'espoir et l'optimisme pour un meilleur futur au lieu de pleurer pour ce qu'on n'a pas. Chacun pense qu'il lui manque des choses, sans savoir qu'il y a des millions de personnes qui prient tous les jours pour être à sa place. La vie mérite d'être appréciée et célébrée à tout moment.

LE RAPPORT ENTRE EDUCATION ET LE CHOMAGE DES JEUNES

Le chômage des jeunes ne peut pas être dissocié de la qualité des études reçues et le choix des options en relation avec la demande du pays dans lequel on prépare les élèves à exercer leurs futurs métiers.

D'une manière générale, au-delà de la qualité des études et le manque des outils pédagogiques modernes qui répondent au besoin des entreprises, c'est l'inadéquation entre les programmes enseignés et la demande du marché qui pose des problèmes. Si les élèves peuvent avoir la chance d'apprendre facilement l'usage des outils de travail, le changement d'une filière théoriquement apprise à une autre qui demande de solides fondations théoriques avant la pratique n'est pas toujours aisé.

C'est pourquoi il est facile de constater des opportunités et plusieurs offres d'emplois disponibles, ou des entrepreneurs à la recherche des travailleurs qualifiés pour des embouches immédiates mais qui, malheureusement sont introuvables parce que ceux qui sont à la recherche d'emploi ont été préparés pour les travaux d'hier. Ils possèdent des diplômes qui ne répondent pas à la demande du marché actuel.

En même temps, on trouve plusieurs personnes qui cherchent des emplois qui n'existent pas parce que les programmes de formation n'ont pas suivi l'évolution du monde par rapport aux nombreux changements intervenus ces 20 dernières années avec les systèmes numériques dans un environnement complètement dominé par la technologie et l'utilisation des outils électroniques.

On trouve des entrepreneurs qui cherchent de bons maçons, menuisiers et électriciens, mais avec difficulté puisque le système éducatif n'est pas adapté à la réalité du moment. L'Afrique a maintenant besoin plus de bâtisseurs, d'hommes et de femmes qui sont capables de contribuer à son développement. Les jeunes doivent être outillés à cet effet et mentalement préparés pour ces tâches. Ils doivent comprendre que le bureaucrate n'est pas plus important que l'homme du métier qui, d'ailleurs après des années d'expériences peut devenir un bureaucrate et un très bon dirigeant qui connaît la réalité du métier sur le terrain.

Le progrès et le développement de l'Afrique sont liés à la valorisation de l'expertise locale en s'appuyant sur la formation professionnelle pour la qualification de ses mains d'œuvres avec une politique orientée vers la transformation des matières primaires sur place.

L'Afrique est un continent riche en ressources naturelles et minérales ; il possède plusieurs avantages sur les autres continents ; une forte démographie, ce qui sous-entend la forte demande en biens et services, ainsi, un excellent terrain d'opportunités pour entreprendre, une population jeune avec un faible cout de main d'œuvre par rapport aux pays occidentaux et des ressources naturelles en abondance.

L'ECOLE DE LA VIE

L'école et la vie sont nos maîtres qui nous enseignent et influencent le style de vie motivé par le choix personnel de chacun. La grande différence est que les deux notent différemment ; l'école évalue sur les notes en fonction de la capacité à retenir les théories reçues dans les salles de classes, mais la vie, qui est orientée sur le pragmatisme, évalue en fonction des résultats sur la base des décisions au quotidien.

Il n'est pas admissible que quelqu'un passe 12 à 17 ans de sa vie à l'école sans être capable de vivre des fruits de toutes ses années d'études, mais c'est malheureusement le cas pour des milliers d'élèves et d'étudiants africains. On doit remettre en cause le système pour nous adapter à la réalité de notre monde et apprendre des choses essentielles susceptibles de nous aider à mieux vivre. L'argent, les méthodes d'acquisition, et la meilleure façon de le fructifier doivent être enseignés dans nos écoles afin que les élèves soient bien préparés à devenir des adultes responsables avec une grande capacité de gestion des ressources disponibles et moyens qui leur permettent de protéger leurs biens contre certains problèmes financiers tels que l'inflation, les taxes, et d'autres indice de cette nature.

Le pragmatisme doit être primordial. Lorsque la théorie est directement liée à la pratique, le professeur d'économie qui a la possibilité de montrer des exemples concrets comme la matérialisation des théories enseignées en classe pourra passer le message plus facilement que lorsqu'il est dans une situation économique qui ne plaide pas en faveur des analyses et explications financières qu'il donne. En revanche, celui qui n'a rien économisé pour lui-même, toujours versé dans la théorie qui enseigne les finances aux jeunes, sans aucune expérience pratique en lui pour soutenir ses explications, aura du mal à se faire entendre que celui qui montre ses réalisations comme exemples concrets de ce qu'il demande aux autres de faire pour changer leur vie. Les exemples doivent être sur des choses simples, objectives et surtout réalistes en fonction de la disponibilité des sources locales.

L'école de la vie est axée sur le travail. Elle enseigne la culture d'honnêteté comme principe pour la réussite à long terme ; ce qui est opposée à la tricherie ou le principe de copier les réponses d'une épreuve pour passer un examen.

LA SENSIBILISATION DES PARENTS

Du fait que les filières d'études ne correspondent pas exactement avec la demande du marché d'emploi, on continue à créer des chômeurs au lieu de placer des employés dans les domaines à fortes sollicitations. Une partie des remèdes à cette situation exige la sensibilisation des parents d'élèves afin de les outiller avec de bonnes informations permettant de mieux comprendre les enjeux et leurs responsabilités sur les chances de réussite de leurs enfants, car c'est le manque de clarté sur l'utilité des diplômes qui fait en sorte que certains parents préfèrent et encouragent la poursuite d'études supérieures sans tenir compte des chances d'employabilité des jeunes par rapport aux filières d'études.

Les enfants sont programmés avec une lecture qui interfère à leur analyse sur ce dont ils ont besoin pour le choix de l'avenir. Certains n'arrivent toujours pas à comprendre qu'un bureaucrate n'est pas plus important qu'un homme de métier, un ouvrier à cause peut-être de la perception que donne leurs différentes tenues de travail, donc l'un est jugé nantis et propre, portant le signe de la prospérité et l'autre proche de la misère et programmé à exécuter des ordres du premier pour le reste de sa vie.

Les écoles d'aujourd'hui sont plus orientées vers le profit et le gain faciles que vers la transmission de bonnes informations et des formations de qualité qui préparent les jeunes diplômés pour le marché d'emploi. D'autres nourrissent une autre perception de l'instruction chez une personne, parce que dans la conscience collective, la politique est le seul passage vers la réussite. Cela étant, il faut pousser les enfants vers les sciences sociales et juridiques.

Il faut une bonne compréhension de notre situation afin d'être en position de reconnaître nos problèmes, puis trouver des solutions appropriées en relation avec la nature d'apprentissage dans nos universités. Lorsque les parents commencent à valoriser des hommes de métiers et des entrepreneurs en encourageant leurs enfants dans ce sens, les choses vont commencer à s'arranger. À partir de ce moment-là, nous aurons la chance de nous améliorer parce que la jeunesse comprendra que le développement de l'Afrique viendra du travail avec l'engagement citoyen sur des sujets qui concernent la société. Le développement et la réduction des inégalités passeront par la création des systèmes qui incitent à rehausser le nombre de curieux pour les arts et métiers soutenus par la technologie avec la bonne connaissance des sciences sociales et les besoins réels des populations sur plusieurs années.

LA RECHERCHE DES BOURSES D'ETUDES

En 1987, après avoir passé le baccalauréat, je ne voulais pas du tout faire mes études supérieures en Guinée parce que je rêvais à la fois des études de qualités supérieures à celles que le système guinéen pouvait m'offrir et d'une situation qui pouvait me permettre d'avoir des revenus pour aider ma famille. Après le concours d'entrée à l'université, j'ai été admis à l'Institut polytechnique, au département du Génie civil. Comme mes pensées étaient en ce moment orientées vers l'extérieur du pays, il fallait commencer à prendre des contacts pour explorer la possibilité de réaliser mon rêve. C'est dans ce cadre que j'ai pris contact avec le service des bourses au ministère de l'enseignement supérieur. On me disait qu'il n'y avait pas de bourses disponibles. Je suis allé rencontrer un travailleur du ministère chez lui pour lui expliquer ma situation et demander son aide. Ce monsieur, très sensible à mon intervention, m'a demandé de lui donner 50 000 francs guinéens comme frais de dossier pour qu'il puisse contacter certains de ses amis cadres du service des bourses extérieures en ma faveur. Malheureusement, je n'avais aucun moyen de mobiliser cette somme. À ce moment-là, le fonctionnaire guinéen de la hiérarchie A avait un salaire de 200 000 francs guinéens par mois, ce qui veut dire que c'est le quart du salaire d'un fonctionnaire qui m'a été demandé pour démarrer le processus. Une barrière difficile à franchir pour un étudiant qui n'avait aucun haut fonctionnaire dans sa famille. *L'argent n'est pas la définition du bonheur, mais on peut bien s'en servir pour trouver facilement le chemin de celui-ci.* De ce premier obstacle, j'ai compris que cette méthode n'était pas à ma portée et qu'il fallait explorer d'autres voies. Sur ce, il fallait faire preuve de l'imagination. L'idée m'est venue de prendre des contacts directs avec des ambassades et d'autres institutions dont les domaines de compétences couvrent le volet des bourses d'études afin d'exploiter la possibilité d'en décrocher une. C'est dans ce cadre que j'ai commencé à lire les journaux Djely et Tam-Tam, deux journaux qui avaient dans leurs colonnes les noms et les adresses des institutions internationales et ambassades étrangères installées à Conakry. Ces journaux étaient dans mon sac à tout moment, et j'en faisais usage à chaque fois que nécessaire. Le volume de travail à l'université était limité à quelques cours les matins, alors dès après, les premiers cours, je commençais ma routine de la journée à la rencontre des institutions et ambassades en fonction de la liste préétablie.

Cette démarche m'a donné l'opportunité d'échanger avec plusieurs cadres et responsables sur le mécanisme de fonctionnement de leurs institutions en matière de coopération avec l'État guinéen et le circuit concernant l'octroi des bourses d'études supérieures. Il était facile de constater que toutes les réponses étaient presque identiques. Pour la plupart, il fallait passer d'abord par le ministère chargé de l'éducation, alors qu'une démarche individuelle directe vers eux, avait très peu, sinon zéro chance d'aboutir. Toutefois, il m'était difficile d'accepter cette réalité dès les premiers contacts, et c'est ainsi que j'ai tenu à épuiser la liste à disposition avant de tirer la conclusion sur ce chapitre. Cette insistance m'a conduit vers la représentation de la Yougoslavie en Guinée qui était en ce moment baignée dans les prémices d'une guerre ethnique interminable entre les six différentes républiques qui composaient la fédération de la Yougoslavie. Lorsque le chargé des relations m'a rencontré, après avoir écouté attentivement mon intervention, il m'a simplement dit : « Mais vous ne voulez pas partir là-bas. Ne savez-vous pas que ce pays est en guerre ? » Cette phrase a jeté une douche froide sur mon cœur ; j'étais atteint dans mon orgueil. Ce jour-là, j'ai payé les frais pour mon manque de préparation et mon ignorance des informations de base qui auraient dû être le point de départ — un préalable à ma disposition avant une quelconque visite. J'ai appris de la pire des manières ce que l'improvisation, la négligence et l'amateurisme peuvent coûter en termes d'images sur la personnalité de l'homme. Le minimum aurait été d'apprendre un peu sur le pays, son économie, le système de gouvernance, son peuple, la culture, et les derniers développements socio-politiques. Ce sont des indicateurs qui devraient servir comme base pour ce genre de décision. Il est clair que si j'avais fait ce que je devais faire, j'aurais été sauvé du déplacement inutile et surtout de l'humiliation. À travers tout cela, je pense que c'était la meilleure des visites, car j'avais découvert en moi certaines faiblesses qui devraient être immédiatement corrigées pour augmenter ma chance de réussite dans les cas pareils. Ce coup dur était une cloche qui a réveillé ma conscience sur l'un des outils essentiels du succès — une pratique que je devais désormais m'approprier pour élever le niveau de confiance en moi et mettre mes interlocuteurs dans des positions qui créent de l'intérêt et l'envie de s'entendre sur les échanges avec moi. Je venais d'obtenir ce dont j'avais besoin de savoir pour m'améliorer et pour être mieux préparé pour le reste de ma vie, chaque fois que je suis confronté à une situation pareille et que les conditions exigent une telle issue. L'expérience de ma dernière visite à l'ambassade de la Yougoslavie me sera très serviable parce les choses seront faites différemment, la préparation et la vérité des faits étant leurs équipements pour vaincre la peur. Cette visite a mis fin à mes efforts de recherche de bourses en faisant usage de cette méthode qui s'est avérée improductive. J'ai commencé à m'interroger et à reconsidérer ma position parce qu'en somme, les réponses précédentes étaient presque identiques et ma performance à l'université commençait à souffrir du manque d'attention. Lorsque cet épisode a pris fin, j'ai eu un sentiment d'avoir essayé de nouvelles choses et sur une note de satisfaction pour avoir appris assez de choses sur le système de bourses extérieures, le rapport de l'État guinéen avec ses partenaires étrangers et les pratiques en vigueur pour les bourses extérieures. Par manque d'information et de sincérité de leurs frères qui vivent en Occident, les jeunes Africains d'une manière générale pensent que le bonheur est partout sauf chez eux. Une mauvaise perception qui est entretenue par des illusions qui ne se justifient pas, sinon que le test permanent de la vie dont les deux faces existent partout.

LE REALISME

Il est bien de se battre pour ce qu'on veut sans perdre de vue la réalité du terrain et la faisabilité du projet dans le temps. Un de mes proches, Al Barry, m'avait offert un petit livre électronique de M. Wes Hopper que je recommande fortement à tout le monde. L'auteur a généreusement mis son livre à la portée de tous pour un téléchargement gratuit. Ledit document est intitulé *The Astonishing Power of Gratitude*. Ce petit document de moins de 20 pages a la puissance de transformer positivement les pensées par le biais de trois principes enseignés. M. Hopper est articulé sur trois principes de la vie qu'il faut absolument observer en toute circonstance pour vivre paisiblement avec moins de difficultés à gérer les problèmes de la vie. Ces principes sont la gratitude, la non-résistance et le pardon.

Dans ce livre on apprend l'importance de la gratitude ; à chaque fois qu'on a la chance d'avoir ce qu'on veut, ce principe doit être observé. Il faut s'arrêter un moment pour dire merci, c'est la source de l'énergie du bien. Le second est la non-résistance ; ce qu'on ne contrôle pas ne dépend pas de nous, l'essentiel est de faire le maximum en toute circonstance et être prêt à accepter et apprendre du résultat. En ce qui concerne le pardon, de tous les trois, il est le plus difficile à appliquer. Toutefois, *le pardon profite davantage à celui qui le donne qu'à celui qui le reçoit parce que la haine ne détruit que l'âme qui l'héberge.* Alors, pour être en paix avec soi-même, il faut déserter le ressentiment en pardonnant.

Dans le cas particulier de ma situation décrite précédemment, c'était évident que le principe de la non-résistance devrait être observé pour sauver l'essentiel sans abandonner le rêve pour le futur. C'est ainsi que j'ai essayé de sauver l'essentiel en tournant toute mon attention vers mes études supérieures en Guinée. On dit souvent qu'un tiens vaut mieux que deux tu auras, et pour mieux appréhender le futur, il faut tenir le présent fermement.

LE BONHEUR DE L'AMITIE

L'amitié sincère est une chose agréable et une chance exceptionnelle surtout de nos jours. Un ami est celui qui vous défend, qui protège vos intérêts et qui célèbre vos victoires avec un langage de vérité, tout en vous conseillant en privé. Un ami ne garde pas de rancune, n'hésite pas de vous dire ce qu'il pense d'une situation ou de vos décisions. Il veille sur votre bien-être. J'ai été très chanceux d'avoir plusieurs bons amis qui ont positivement influencé ma lecture sur certaines choses et contribué à m'éduquer, ou édifier sur des sujets parfois complexes ou hors de ma zone de confort. L'être humain est une collection de mémoire et la projection de l'image des choses qui l'entourent.

Vous êtes et devenez une partie des gens qui vous entourent. Un ami peut vous aider à réaliser vos rêves, ou être la cause de son arrêt. On ne peut pas choisir ses parents, mais le choix des amis reste entièrement le nôtre. Il est donc extrêmement important de prêter un regard critique sur ce choix qui, en réalité, détermine votre destin qui n'est autre que la résultante des choix au cours de l'existence d'une personne. De nos habitudes alimentaires et vestimentaires jusqu'à notre vision du monde, nous sommes constamment influencés par nos milieux sociaux. Une amitié qui n'est pas productive ou un ami que vous n'arrivez pas à orienter sur de bons chemins après plusieurs tentatives doit être éloigné du cercle pour éviter de devenir ce que vous dénoncez, ou être associé à une image contraire aux valeurs et principes qui gouvernent votre vision et ta perception des choses.

La vie universitaire est l'une des meilleures au monde ; il y a une telle énergie associée à la jeunesse, la curiosité et des amitiés. Mamoudou Kaba dit Kaolais est un notre grand ami avec qui j'ai appris assez de choses. Kaolais était très courageux et créatif — un bon débrouillard et un très bon dessinateur. Il a commencé son cycle universitaire au département de chimie, puis il a changé pour le génie civil d'où nous nous sommes rencontrés.

Un soir, je l'ai vu au tableau en train de réviser les mathématiques, et je me suis approché pour lui prêter main forte. La promotion du Lycée Matam en sciences mathématiques est très fortunée d'avoir M. Saliou Camara (paix à son âme) comme professeur de mathématiques. Par ses bons soins, nous avons eu la chance d'apprendre à partir du lycée, tout le programme de mathématiques qui était enseigné aux étudiants de première et deuxième années universitaires. Cela nous donna assez d'avantages par rapport à nos camarades de classes, surtout ceux qui n'étaient pas du profile des sciences mathématiques au lycée. Après ce premier contact, Kaolais est devenu un ami inséparable. Il m'a confié qu'au début à cause de mon petit visage à l'époque, il pensait que j'étais un petit qu'il pouvait gérer facilement, mais cette illusion n'a duré que le temps qu'il fallait pour le présenter à ma famille. Quand il a vu des gaillards qui m'appelaient « N'ta Alayi », ce qui veut dire en français mon grand frère Alayi, il s'est rendu compte que l'apparence physique ne dit pas grand-chose sur un individu. Kaolais et moi étions tous à l'internat dans le campus de l'université Gamal Abdel Nasser à Conakry, mais pas dans le même bâtiment. Nous étions tellement proches que j'ai fini par abandonner mon dortoir de Gomba pour le rejoindre dans le sien à Bissandougou. Nous avons constaté que nous ne pouvions pas nous séparer facilement. Nous avions l'habitude de commencer la journée par des entretiens sur tous les sujets, en classe ensemble, puis à la cantine pour manger ensemble, ensuite au tableau pour travaux pratiques ; lorsqu'il était temps d'aller au lit, on restait dehors pendant plusieurs minutes en train de bavarder souvent devant son building Bissandougou, qui était plus proche de nos classes. Après ce moment d'échanges, il m'accompagnait à mon dortoir d'où nous restons encore pour des moments, puis c'est moi qui l'accompagnais. C'était notre routine habituelle.

Kaolais était un homme honnête, un ami loyal qui protège et défend les intérêts de son ami — qu'il soit présent ou non. Il était connu pour sa franchise et sa liberté de ton. Contrairement à moi, mon ami était un artiste plein d'initiatives pour avoir de l'argent. Il dessinait les tableaux avec la décoration au sable coloré, il fabriquait des pots de toilette et possédait plusieurs idées de cette nature qui lui permettait d'avoir de l'argent de poche

LE STAGE DE FORMATION PRATIQUE

Lors d'une de nos périodes de vacances, Mamoudou et moi avions décidé de trouver un endroit pour effectuer les travaux pratiques dans le domaine du génie civil. L'objectif recherché était de lier la théorie de la classe à la réalité du terrain par le biais de l'apprentissage pratique et physique. C'est dans ce cadre que nous nous sommes rendus à AFRICOF, une entreprise de construction qui gérait une bonne partie des contrats de construction des écoles guinéennes. Après plusieurs tentatives, nous avons finalement eu la chance de trouver des positions de manœuvres. Au chantier AFRICOF de Sankonbaya, nous avons été confiés au maître ferrailleur Bangaly, qui à son tour nous a mis sous la responsabilité de ses ouvriers. Notre maître était chargé du ferraillage et de la construction des bâtiments à étages. Son équipe s'occupait du ferraillage, de la menuiserie et de la maçonnerie. C'était une équipe multidisciplinaire qui travaillait de concert. C'est ainsi que nous sommes devenus des apprentis en même temps les manœuvres des ouvriers du maître. La première journée a été longue, rude et parfois très brutale pour nos corps qui n'avaient jamais été mis à une telle épreuve. Les choses étaient devenues très sérieuses pour des étudiants jusqu'ici exposés seulement aux planches à dessins et aux crayons. Notre premier jour a coïncidé au collage du béton pour la première dalle du bâtiment. Notre rôle était de faire monter les matériaux de construction au niveau de la dalle : les fers à béton, les planches pour le coffrage, etc. À chaque fois que quelque chose manquait aux ouvriers, ils criaient hautes voix « « « Étudiant ça manque, il faut faire vite ». On courait de gauche à droite, de haut en bas. Cet étudiant appréciait son appellation d'« étudiant », quelle que soit la fréquence et le nombre de fois, mais pas lorsqu'il est sur le chantier de maître Bangaly. Parfois on sursautait quand on entendait "étudiant". Quand je suis arrivé à la maison après notre premier jour d'expérience pratique sur le chantier de construction, tout mon corps me faisait mal. Une fois dans ma chambre, je me suis abandonné au sol, et je me suis endormi illico presto, sans penser à manger. Le lendemain matin, je voulais tout entendre sauf le mot chantier. Est-ce qu'il fallait aller ou pas ? C'est la question qui tordait à l'esprit. Rien en moi ne m'encourageait à me présenter à nouveau sur un chantier où les séquelles sur mon corps du premier contact persistaient.

LE SECRET DU RETOUR AU CHANTIER

Quand je me suis réveillé le matin, il était difficile de prendre la décision de repartir au chantier pour la deuxième journée. Toutefois, malgré le côté négatif de mon jugement sur la journée, je savais pertinemment que j'avais appris assez de choses sur la vie réelle et ce que les ouvriers endurent au quotidien sans se plaindre. Le côté négatif de mon esprit m'encourageait à abandonner, mais lorsque je pensais à mon ami Kaolais, de ce qu'il pouvait retenir de mon action et la possibilité de faire un notre projet ensemble à l'avenir, je n'avais d'autre choix que de me présenter au travail pour continuer l'aventure. Ce qui veut dire qu'en réalité, c'est le respect pour Kaolais et la préservation de ma réputation qui m'ont fait prendre les pas vers le chantier pour la deuxième journée. Je n'avais aucune idée de ce qui se passait avec Kaolais, que je connaissais aussi bien courageux qu'endurant. Une fois sur le chantier et en échange avec mon ami Kaolais, il m'a dit : « Si ce n'était pas à cause de toi, je ne serais jamais venu ce matin. » J'ai simplement éclaté de rire avec un sentiment de liberté d'esprit, parce que je croyais que j'étais le seul à subir les effets de la journée sur mon corps, et j'étais convaincu que Kaolais était plus résistant que moi. Quand je lui ai partagé mon expérience en lui disant c'est à cause de ta grosse bouche que moi aussi suis venu ce matin. Nous avons tous commencé à rire en concert de façon interminable. Finalement, la deuxième journée a été moins dure que l'on ne pensait, et les jours qui l'ont suivie étaient faciles à gérer. Nous nous sommes habitués aux activités du chantier, les moqueries entre ouvriers, la joie et la peine de la journée. Notre amitié s'est renforcée, et nous ne craignions plus d'accepter d'autres épreuves. Nous avons terminé au chantier avec beaucoup d'expérience pratique et même un peu d'argent de poche.

À l'ouverture de l'école, nous étions mieux outillés, et la compréhension des cours sur le béton armé était beaucoup plus facile parce que ce qui est expliqué et dessiné sur le papier nous renvoyait vers la visibilité physique et pratique. Cet épisode de notre vie fut une bonne école de la vie. En amitié, la concurrence positive est toujours une bonne chose. Le souci de ne pas décevoir un ami, l'envie de faire mieux que lui, ou de ne pas accepter d'être faible face à lui dans l'exécution du projet commun n'a rien avoir avec la jalousie négative orientée vers la destruction.

Celui qui ne célèbre pas le bonheur de son prochain n'aura pas la paix morale durable, ni le bonheur en abondance. Kaolais et moi étions de très bons amis, et le respect mutuel qu'on avait l'un pour l'autre a été le moteur qui nous a permis de continuer et finir avec succès nos travaux pratiques avec l'équipe de maître Bangaly.

Comme il est difficile, voire impossible, de progresser avec des amis contre-productifs, il faut faire attention et surtout être extrêmement rigoureux dans son choix d'amis. Le caractère des gens, leurs intransigeances à négocier sur les principes, des gens qui ont des places de choix pour la dignité dans l'humilité débarrassée d'orgueil. En chacun de nous, il y a des voix au plus profond qui nous découragent avec des arguments basés sur la facilité ou la peur. Ces voix s'appuient sur nos faiblesses du moment en exploitant les parties sensibles de l'émotion. Il est important de noter que l'être humain est plus émotionnel que rationnel. Parfois on peut être complètement submergé par ces conseils négatifs et la persistance de la voix qu'on reçoit de nous-mêmes. C'est en ce moment-là qu'on a besoin des amis avec des voix contraires pour nous arracher de nos démons et nous permettre à avoir plus de clairvoyance.

La famille est la plus belle organisation au monde. Si on peut trouver de bons amis en famille, c'est toujours mieux, mais il ne faut pas confondre les deux. Il faut choisir des gens en fonction de votre façon de voir le monde, ce qui les rapproche de cette vision ou des personnes qui peuvent vous améliorer et forger le bon caractère. Certaines personnes dans votre vie sont disponibles pour la journée, mais elles ne sont pas capables de vous accompagner pendant la semaine à cause de leur centre d'intérêt. Les bons amis apportent beaucoup dans la vie d'une personne. Il faut être judicieux au choix et ne jamais hésiter de quitter lorsque l'homme devient méconnaissable par le changement brusque du comportement et de nouvelle fréquentation incompatible à votre ligne de conduite. Bien sûr qu'il faut toujours fournir des efforts pour faire revenir votre ami sur la raison et des sentiments qui ont construit votre amitié, mais lorsque le pouvoir du mal devient le maître de son jugement, en ce moment-là, il faudrait faire de sorte que les virus nuisibles ne trouvent pas domicile chez vous aussi. La négligence et la paresse sont des premiers partenaires de l'échec. On doit construire de bonnes habitudes, de la rigueur et surtout de la discipline pour faire accomplir des missions à temps. L'accumulation de légèretés donne comme résultat le comportement d'une personne, ce qui devient son caractère qui dicte ses prises de décision et ses règles de conduite. On ne peut pas réussir de gros projets si l'habitude n'est pas construite sur les tâches simples, par conséquent, personne ne peut vous confier un travail d'envergure lorsque votre réputation à exécuter un boulot correctement n'est pas appréciée. La formation universitaire avec l'option génie civil nous préparait à devenir des ingénieurs. C'était une bonne opportunité de partager l'expérience des individus que nous nous préparions à gérer dans le futur sur des chantiers. L'expérience aide à mieux comprendre les autres et nous donne également la possibilité d'évaluer leurs circonstances et nous met à la place des autres à chaque fois qu'on doit prendre des décisions qui affectent leur vie. Cela donne l'avantage d'évaluer le côté humain et de s'assurer que toutes les conditions sécuritaires et mentales sont réunies afin de mener à bien les travaux à exécuter. Il est facile de donner des ordres à exécuter et s'attendre au résultat, puis sanctionner lorsque le résultat n'est pas conforme aux attentes. Très souvent le mauvais résultat peut venir des mauvais ordres qui sont demandés sans tenir compte des contraintes liées à l'exécution de la tâche. C'est là où l'expérience du terrain devient importante et un facteur déterminant qui minimise des problèmes et renforce le leadership des acteurs ou des individus en charge des travaux.

LES PREMIERES LEÇONS EN INFORMATIQUE

En troisième année universitaire, ma promotion était composée d'étudiants qui n'avaient aucune connaissance de l'outil informatique, et notre département n'avait pas un seul ordinateur accessible — même aux professeurs et à plus forte raison aux étudiants. Nous étions conscients de ce que cela pouvait avoir comme conséquence sur notre niveau de préparation pour le marché d'emploi, qui semblait être favorable à ceux qui possèdent cette connaissance. Le désavantage comparatif sur ce plan est devenu pour nous un problème qui devrait absolument être réglé.

À cette époque avec la coopération canadienne, notre Université Gamal Abdel Nasser venait d'avoir un centre informatique au sein de la cour. Mes amis et moi avions échangé sur des possibles pistes de solution et comment y procéder. C'est ainsi que nous avons pris contact avec notre chef de chaire du département Génie Civil, Dr. Mamadi Touré, afin de nous aider à avoir des cours d'informatique au centre. Dr. Touré nous a dit que ce centre est une structure autonome qui ne relève pas de la gestion de l'Université. Par conséquent, il ne pouvait rien faire pour nous aider. Comme nous étions déterminés à avoir ce qu'on voulait, ce premier obstacle ne pouvait pas freiner notre élan.

La vie est pleine d'écueils, et chaque fois que l'on prend une initiative pour réaliser quelque chose de bien, notre foi et détermination sont soumises à la résistance sous forme de difficultés ou de défaites temporaires. Il est de notre responsabilité de les vaincre par le désir de gagner ou faire d'eux des excuses faciles pour abandonner. Ceux qui n'abandonnent pas ont toujours un pourcentage élevé pour réussir leurs projets.

Compte tenu de la nécessité et l'importance qu'on accordait à ces cours, aucune réticence ne pouvait nous empêcher de continuer la course. Alors nous avons formé une délégation pour aller plaider pour notre cause au niveau du recteur de l'université qui était Dr. Kaba à l'époque ; lui aussi nous avait donné une réponse identique à celle de Dr. Touré. Comme dernier recours, nous avons décidé de rencontrer le directeur du centre informatique Dr. Binka. Après avoir expliqué notre situation, il nous a conseillé 30 heures de cours : 10 heures pour apprendre à taper et pour mieux connaitre le système d'exploitation, et 20 heures pour l'initiation. Les conditions liées à cette proposition étaient d'avoir au moins 10 participants et 1000 francs guinéens par personne et par heure. Cette somme de 30 000 pour chacun représentait le pécule estudiantin pour tout le mois. Il fallait donc accepter de se priver de beaucoup de choses pendant un mois. À partir de ces précisions, la liste des engagés s'est rétrécie. Mes amis Madame Fatou Barry (paix à son âme), Mohamed Doumbouya et moi qui étions au front de la situation, avions désormais la responsabilité de faire la promotion du projet, trouver d'autres étudiants pour la cause, et nous-mêmes mobiliser nos parts de financement. Finalement, après plusieurs efforts, les cours de 30 heures promis ont pu avoir lieu. C'était notre premier contact avec l'ordinateur. Nous avons appris un peu sur le système d'exploitation, mais en ce qui concerne les notions de bases, nous n'avons gardé que très peu après tous ces cours, faute de manque d'entrainement. Toutefois, on pouvait désormais mettre sur nos curricula vitae qu'on avait une formation en informatique. Au moment des faits, je n'avais aucune idée que ces cours allaient devenir la raison principale pour avoir décroché mon premier emploi. *Dans la vie, tout est connecté, et toutes les décisions entraînent des conséquences directes ou indirectes. Une décision peut être la cause d'une autre. Le destin naît du choix préalable.*

RENCONTRE AVEC MA COMPLICE DE LA VIE

On ne se rend pas compte qu'un homme qui est considéré comme le plus timide de sa génération est en réalité né avec tout un sac de poésies que lorsqu'il rencontre une jolie fille dont il souhaite arracher l'estime.

Le jeudi 24 janvier 1991 est une date inoubliable, la date à laquelle tout a basculé dans ma vie. Le jour où j'ai eu le privilège de rencontrer un être spécial aussi bien par la beauté que la pureté du cœur bourré de bonté et la joie de vivre. Hawa était et demeure encore aujourd'hui une femme exceptionnelle avec des sourires qui font oublier toutes les souffrances du monde. C'est mon amie, ma femme et ma partenaire de vie.

Après ses études d'infirmière d'État au centre de Labé, en Moyenne-Guinée, mademoiselle Hawa Diallo avait décidé de prendre congé des durs travaux qui mettaient fin à ses études pour rendre visite à son grand frère, M. Diouma Diallo (paix à son âme), qui habitait dans notre concession à Conakry. Je suis sûre que sa présence à Conakry pour cette énième visite était plus qu'ordinaire, car c'était la rencontre du destin, la création du bonheur infini et la mission de sécher les larmes à un jeune qui semblait être perdu dans l'univers à la recherche d'une seule créature dont il n'avait aucune possibilité matérielle à conquérir.

Ce soir du 24 janvier 1991, après le week-end que je passais régulièrement en famille, dans une innocence totale lorsque je m'apprêtais à repartir à l'université Gamal Abdel Nasser, où j'étais étudiant à l'internat, dès que je suis sorti de la maison, nos yeux se sont croisés. Une jolie jeune fille à la voix douce, aux regards captivants, avec un sourire qui donne raison de vivre ; le tout en harmonie avec une beauté africaine légendaire, qui ne laisse aucune âme indifférente. Ce jour-là, je ne pouvais pas aller à la faculté sans parler à cette créature qui venait d'apparaître de ma vie de nulle part, mais malgré la confiance de ma jeunesse, j'étais incapable de dominer ma timidité pour lui adresser la parole. Il m'était également difficile de la regarder dans les yeux. J'étais complexé, et je suis immédiatement devenu un distant admirateur. C'est comme un pauvre aux poches trouées qui mate pour la première fois une Ferrari avec beaucoup d'admiration et réalisme — tout en sachant que c'est un objet pour lequel il n'est même pas qualifié pour demander le prix. Quand j'ai su qu'elle était en train de parler à ma cousine, je ne pouvais pas cacher ma joie. J'étais heureux de savoir que mademoiselle Hawa fût très d'accord avec ma cousine Yénaba Fofana (paix à son âme). Alors, cette découverte m'a donné une joie que je n'avais jamais ressentie auparavant. Comme j'avais de bonnes relations avec ma cousine, c'était l'occasion de solidifier notre relation familiale avec des visites sans calcul ni rendez-vous parce qu'elle était devenue ma cousine préférée du moment, la plus gentille de toute la famille. Comme mon profil du lycée était les mathématiques, c'était une belle occasion de lier les théories à la pratique. La première leçon pour mieux comprendre la combinaison des signes, on apprend que l'amie de ton amie est ton amie, n'est-ce pas le moment pour appliquer cette théorie bien aimée [sourire] ? L'amitié de ma cousine était une porte d'accès à son amie Hawa que je voudrais de tout cœur avoir comme amie préférée. Avec mes visites répétées chez ma cousine, j'ai finalement eu la chance de faire la connaissance de son amie, et les salutations d'usage ont commencé, une opportunité de montrer le caractère qui invite l'amitié de l'élue de mon cœur par le biais de la courtoisie et des récits qui font rires et suscitent des intérêts. C'est en ce moment que j'ai compris que l'amoureux est un poète. Un vendredi, Hawa avait rendez-vous avec un ami qui avait brillé par son absence à l'heure indiquée pour la rencontre, mais comme elle tenait à sortir cette soirée, elle a demandé si j'étais disponible. Mon Dieu, il fallait voir mes gros yeux, la réponse était difficile à venir tellement que les mots se bousculaient sur ma langue et le langage de mon corps anéanti par la surprise d'une question de rêves depuis le premier jour, donnait une expression du premier jour au paradis. Dans mon secret profond, je récitais toutes sortes d'invocations et de gloire à Dieu ; moi-même j'étais surpris de ce niveau de connaissance et amour pour Dieu. Oui, je savais que j'étais devenu l'élu de Dieu ce jour-là. Aucun programme au monde ne pouvait m'empêcher de répondre positivement à cet appel. C'est vrai que le lendemain, j'avais un teste à la faculté, mais toute cette préparation était devenue secondaire. La soirée a été belle, et l'opportunité qui m'a été offerte a été bien exploitée pour me créer un bon espace dans le cœur de celle qui est devenue ma femme et meilleure compagne de vie. Hawa avait sa meilleure copine qui s'appelle Djenabou Fofana, qui était fiancée à Dr. Rafiou Diallo, à l'époque jeune pharmacien à l'hôpital Ignace Deen à Conakry. Avec les deux, nous avons formé deux couples proches qui partageaient plusieurs moments et sorties de jeunesse.

La beauté était pour moi la porte d'entrée au cœur d'une jolie fille de qui j'étais devenu très amoureux, mais la grande surprise de sa maturité, bonté et beauté intérieure ont fini par prouver que cette nouvelle amie qui venait d'apparaître dans ma vie était la personne dont j'eusse besoin comme épouse.

Nos débuts n'ont pas été faciles ; j'étais étudiant vers la dernière année du cycle universitaire, et ma fiancée Hawa une infirmière d'État à la recherche de son premier emploi. Pour subvenir à nos petits besoins, nous nous sommes lancés dans des petits commerces. Au début, Hawa faisait les transactions de marchandises entre Boké et Conakry. Quant à moi, certains week-ends du mois, je partais à Fria avec l'aide de mon petit frère et cousin Nouah Camara (paix à son âme), j'achetais des futs provenant de l'usine d'alumine de Friguia pour ensuite les revendre à Conakry, puis c'est Hawa qui partait à Fria pour acheter des paires de chaussures de production locale pour les amener à Conakry, et moi je m'occupais de la vente.

Ma mère est tombée malade, et nos petites activités n'étaient pas suffisantes pour supporter le poids de nos charges, également mes travaux de fin d'études avec la préparation de mon mémoire ne pouvaient pas me permettre de continuer ce que je faisais. Mon pécule de 30 000 francs guinéens était réservé pour les produits de ma mère.

LES CIRCONSTANCES DE PARCOURS

Un jour, quand l'état de ma mère est devenu inquiétant, ma fiancée Hawa a discuté avec notre amie Djenab, qui a pris rendez-vous pour nous à l'hôtel Ignace Deen avec l'aide du Dr. Rafiou. J'avais demandé le service d'un ami appelé « papa », qui avait accepté de nous accompagner gratuitement dans sa voiture. Le jour du rendez-vous, Djenab, Hawa, ma mère, mon ami papa et moi sommes tous montés dans le véhicule de mon ami pour aller à l'hôpital. Malheureusement, au carrefour de Mafanko, nous avons fait un accident ; le chauffeur dans ces manœuvres pour éviter le pire quand il avait aperçu le danger, est parti renverser une moto Yamaha qui était garée au bord de la route. La moto a été sérieusement endommagée. Le propriétaire de la moto est sorti de sa cour pour venir rencontrer les fautifs. Je me suis présenté à lui comme étant le seul responsable du dégât causé ; je lui ai aussitôt demandé pardon et une doléance de me laisser le temps de conduire ma mère à l'hôpital, puis revenir m'occuper des frais de réparation. Malheureusement cette plaidoirie n'a pas été acceptée parce que ma carte d'identité universitaire que j'avais exhibée pour la circonstance était jugée peu crédible. Par conséquent, la seule chose qui pouvait le rassurer était d'immobiliser le véhicule jusqu'à ce que je retourne. Finalement, une jeune fille que je n'avais jamais connue est venue de nulle part pour plaider en ma faveur, en disant : « Je connais ce jeune. Il est honnête et très sérieux. Il faut le laisser partir. Il va certainement revenir. » Cette voix a été acceptée, et j'ai eu l'autorisation de quitter le lieu avec la promesse de revenir dans les plus brefs délais possibles le même jour. J'étais très ému par le geste de la jeune fille, et je l'ai remerciée en la rassurant du respect de mon engagement.

Mon équipe de circonstance et moi avions quitté le lieu pour conduire ma mère à l'hôpital Ignace Deen. Avec l'aide de mon ami Dr. Rafiou Diallo, ma mère a été examinée, et le médecin nous a donné une ordonnance. Au retour à la maison, le pécule de 30 000 francs guinéens réservé pour des médicaments a connu une nouvelle orientation. Je suis allé prendre un mécanicien pour aller examiner la moto, puis faire une visite dans le magasin de Yamaha à Mafanco pour acheter et remplacer toutes les pièces abimées sur la moto, présenter à nouveau mes excuses au propriétaire de la moto et le remercier pour sa confiance. En revenant à la maison avec les poches vides, je suis passé par la pharmacie pour demander le prix des médicaments que je devrais acheter. Je n'avais pas d'autres sources de revenus pour obtenir ces produits, mais l'espoir et le désir de les avoir ne m'ont jamais quitté. *Il est bon d'espérer — même dans le désespoir. Les situations arrivent dans la vie, mais vous ne devez laisser une situation vous contrôler.* Très souvent, la façon de réagir à une situation est plus importante que la situation elle-même. Cet incident m'a prodigué beaucoup de conseils, et je revois toujours ce film avec émotions, humilité et gratitude que je dois à toutes ces personnes qui m'ont aidé pendant mes moments difficiles. J'ai également appris la valeur de la parole donnée, le bien que ça procure, la fierté en soi et le respect que l'on génère auprès des autres. Lorsqu'on se retrouve en difficulté, il faut parler, non s'écouter parce que la plupart des voix qui vous parlent venant de vous-même, proposent des solutions négatives qui semblent être plus faciles pour résoudre le problème du présent en restant aveugle sur leurs graves conséquences à l'avenir. *Il ne faut perdre de vue qui vous êtes et qui vous voulez devenir, car les erreurs d'aujourd'hui peuvent être des écueils infranchissables entre vous et votre rêve pour demain. Le temps peut être très dur, les épreuves difficiles. Tout peut porter à croire que les choses ne vont pas changer pour de bon, mais il ne faut pas vendre sa dignité, ou poser des actes qui peuvent être regrettables pour le reste de la vie. Souvent les gens confondent le destin et le choix.* C'est pourquoi, parmi les religieux, il y en a beaucoup qui accusent le bon Dieu de tout sans fournir des efforts préalables ou se demander quelles responsabilités ils ont lors des évènements qui leur arrivent. L'être humain est la meilleure des créatures parce que doté d'une intelligence qui lui donne le pouvoir sur les autres créatures. Nous avons des cerveaux qui permettent de réfléchir et de faire des choix. *Le destin est ce qui nous arrive, quelque chose qu'on ne contrôle pas.* Cependant, le choix est entièrement à nous ; c'est de notre responsabilité et le choix effectué devient la source d'un autre destin. Dans le cas précis cité précédemment, l'accident qui s'est produit et les acteurs qui ont participé font partis de mon destin du jour, mais la décision d'utiliser l'argent que j'avais pour payer les pièces de la moto afin d'honorer mon engagement, était le choix personnel — pas le destin.

Nous sommes les fruits de nos choix qui sont motivés par le caractère individuel de chacun en fonction des principes et des valeurs que chacun entretient et adopte comme règle de conduite en société. Je savais pertinemment que mon choix entraînait des conséquences positives ou négatives sur la personne qui s'était volontairement engagée comme garante pour moi, sa relation avec son voisin et ce qu'elle allait tirer de cette expérience comme source d'encouragement ou de découragement pour apporter de l'aide à quelqu'un d'autre lorsqu'elle est face à une situation pareille.

DANS LA VIE, TOUT SE PAYE

Une fois à la maison, assis sur la terrasse et perdu dans une réflexion qui fait voyager très loin du lieu de ma présence, c'est la voix roque de M. Mamadou Camara (paix à son âme) que j'entends dire : « Bonsoir Soumah, j'ai appris que tu avais envoyé ta maman à l'hôpital. » J'ai répondu par « Oui », puis il poursuivit en disant, « Et l'ordonnance, c'était combien ? » Je lui ai précisé 20 000 francs guinéens. Ensuite, il ordonna à sa femme, Marie de me remettre 20 000 francs. Ce qui a permis à ma mère de pouvoir avoir accès à tous ces médicaments. *Lorsque vous vous battez avec les deux mains, il y aura toujours une main invisible qui vous sera tendue. C'est la main de Dieu qui n'abandonne pas ceux qui ne s'abandonnent pas.* Le bien ou le mal fait n'est jamais perdu ; rien n'existe dans le néant, on fait tout pour soi ou contre soi ; les possibilités ne manquent pas le rendez-vous quand il est temps de payer en retour. Je comprends qu'il est très difficile d'être patient lorsque l'existence devient très dure. On dit souvent que la récompense d'un patient tarde beaucoup, mais elle arrive toujours au bon moment. M. Camara, que les gens appelaient affectueusement Faro, était un voisin qui avait connu un moment de bonheur. Il était très généreux, et beaucoup de personnes prenaient l'avantage de sa générosité ; ce qui fait que sa maison était toujours remplie de monde. Certains se présentaient chez lui juste après les prières du matin, et beaucoup de jeunes étaient à son service. M. Camara n'était pas lettré. Par conséquent, il me faisait appel très souvent pour l'aider dans ses communications administratives. Malgré son insistance, je ne restais jamais avec lui après l'accomplissement du service demandé. J'utilisais toujours des formules de

politesse pour trouver des excuses à le quitter dès que je terminais de faire ce dont il avait besoin. Je n'aimais pas l'atmosphère de cet endroit, et je ne voulais pas être associé à l'image projetée par les profiteurs sans vergogne. Il était toujours marqué du fait que je n'accepterais pas les cadeaux après l'avoir aidé à écrire une lettre, malgré ma situation d'étudiant à l'internat sans ressources financières. Chaque personne a une valeur et un coût ; tout dépend du prix que vous vous fixez. Les gens vous traitent en fonction de l'image projetée. *Quand vous êtes jeune et pauvre, au moment où beaucoup doutent de votre avenir, c'est en ce moment qu'il faut construire une forte personnalité et accepter la souffrance temporaire pour ne pas affecter l'image d'une personne responsable demain. Le divertissement et le plaisir sont normaux, mais il faut absolument connaître qui vous êtes et qui vous voulez devenir, puis ne pas vous engager dans des comportements qui compromettent vos objectifs, car les erreurs du présent peuvent être des fautes irréparables à l'avenir.*
Le bien matériel a une période de vie très courte. Il ne faut pas se vendre au prix qui ne correspond pas aux valeurs humaines.

  L'empathie n'a pas de substitut, la capacité de s'identifier des autres pour résoudre leurs soucis ou en faire les vôtres est un caractère humanitaire remarquable. Alors, quand vous avez l'opportunité d'aider, ou d'utiliser ce que vous avez pour le bien des autres, il est important de voir le côté humain et ne pas tirer profit de la situation aux dépens des autres. Ce qui peut sembler fortuit, comme le bien fait n'est jamais perdu, il finira par se multiplier et se transformer en récompense au moment où le besoin réel se fera sentir. *Tout se paye ici-bas, le bien tout comme le mal.*

Quand M. Camara a connu un moment plus modeste, tous ses nombreux visiteurs matinaux ont disparu subitement. C'est en ce moment que je suis devenu l'un de ses rares visiteurs pour le soutenir et lui témoigner toute ma reconnaissance de ses positives actions sociales du passé.

L'argent doit être utilisé plutôt que gaspillé parce que la réalité est que la richesse ne disparaît pas de la circulation. C'est le mode de transaction continue d'une main à une autre. *Les dépenses s'appellent la responsabilité ; en revanche, le gaspillage incarne l'irresponsabilité ou la candidature au poste du futur vieux menteur sans ressources ni respect.* Certains riches ne donnent pas facilement parce qu'ils craignent de devenir comme ceux qui leur demandent sans que leurs œuvres de bienfaisance ne soient reconnues par ceux qui vont contribuer à leurs chutes.

Il faut être reconnaissant de l'effort des autres qui acceptent volontairement le transfert du bien de leurs poches à celles des autres car il n'est pas toujours facile de donner dans une atmosphère dominée par les calomnies et ingratitudes. Quel que soit votre niveau de vie, vous n'êtes pas le plus fortuné ni le plus malheureux. Il y a toujours des millions d'individus qui ont plus que vous, ou qui veulent être comme vous. Le respect mutuel et la préservation de la dignité en toute circonstance est la clé d'une vie harmonieuse en paix morale avec soi.

Le bonheur se présente sous plusieurs formes, à nous de les identifier et trouver des moyens et stratégies pour en faire des biens durables à garder avec la capacité de transmettre aux autres et laisser une base confortable aux enfants. Voilà pourquoi il est important d'apprendre un peu sur le mode de vie de ceux qui ont réussi et de nombreux sacrifices consentis pour y arriver. Quand on est fortuné avec un bien, le souci doit être comment en faire une bonne gestion saine pour qu'on ne se retrouve pas à la case départ. Cela n'est possible qu'avec une bonne vision débarrasser de l'arrogance et des dépenses inutiles parce que très souvent, *ceux qui ne participent pas à votre ascension seront les premiers à devenir des gardiens du temple tristement prêts á éloigner les bonnes personnes du cercle tandis qu'ils seront les premiers à quitter quand le sac du miel va perdre sa douceur.*

Il est bon de faire du bien sans se laisser abuser parce que la possession du bien donne beaucoup d'opportunités d'être utile à la société sous des formes qui ne sont pas à la portée des pauvres. Être bon est une bonne chose qui ne doit pas être confondue avec la naïveté qui expose les faiblesses aux arnaqueurs prêts à prendre l'avantage sur la générosité des bonnes personnes. Ce sont des partisans de la facilité, les gens qui veulent s'enrichir sur le dos des autres sans fournir le moindre effort.

L'exemple de mon voisin M. Camara est une autre leçon pratique sur le comportement des êtres humains face aux personnes à qui la vie sourit à un moment donné, juste avant de leur tourner le dos. Dans le bonheur, on a du mal à connaître ses vrais amis, mais sans aucun doute, les amis vous connaissent. Cependant, quand l'existence devient dure, vous allez forcément connaître la différence entre ceux qui étaient là par attraction matérielle et d'autre par le choix de qui vous êtes. *La vie est douce et gentille, mais peut être parfois très cruelle et incompréhensible.* Quand la vie nous sourit, nous ne devons pas oublier d'où nous venons et de comment nous sommes appelés à finir la course de la vie. Tout est éphémère comme ça se dit et se prouve, tout peut finir à tout moment.

L'HOMME ET SON DESTIN

Chaque personne évolue en fonction de son destin qui est forgé sur la base de la personnalité de l'individu : sa façon de voir le monde, son identité culturelle, ses valeurs, ses choix, les principes qui façonnent ses règles de conduite et l'unique potentiel qui lui diffère des autres. L'admiration qu'on peut nourrir pour les autres à cause de leurs talents et accomplissements est une bonne chose. Celui qui ne célèbre pas le succès des autres n'a pas tout ce qu'il faut pour le succès. On ne cherche pas à ressembler à quelqu'un d'autre parce que chaque être humain est une créature spéciale avec des atouts propres qui ne peuvent pas être copiés. On s'inspire des bonnes actions sans chercher à devenir l'auteur de l'acte ; sinon on devient ridicule sans arriver au résultat espéré. À cet effet, il ne faut pas accepter d'opérer sur la base du chronomètre des autres. Vous n'êtes pas en course de vitesse avec quelqu'un. Le mariage de tous les amis d'enfance n'est pas une raison pour faire n'importe quel choix pour porter une alliance avec des conséquences nuisibles sur vos projets et perspectives de l'avenir. Le mode de vie des autres ne doit pas être votre motivation pour prendre des décisions sans réfléchir profondément sur leurs impacts sur votre vie et celles des gens qui vont être affectés par ces décisions. Le succès des autres doit être une source d'inspiration pour vous, mais il ne faut pas perdre de vue que les méthodes empruntées pour arriver à un résultat dépendent de la personnalité de l'individu et de ses atouts du moment. Ainsi, vous n'êtes pas obligés de faire ce qu'ils ont fait pour arriver au meilleur résultat. La démarche peut ne pas être compatible avec votre personnalité, les circonstances ou le public cible peuvent être différents, et l'environnement actuel peut être moins réceptif aux méthodes utilisées par le passé. Seul le temps est maître de tout. Par conséquent, l'amateurisme et l'improvisation qui dénaturent la mission du projet en lui donnant une direction opposée à l'objet principal, doivent être évités. Cela ne veut pas dire qu'après évaluation des activités, les corrections nécessaires ne peuvent pas être apportées aux méthodes de travail si elles ne produisent pas le résultat attendu. On ne change pas brusquement la direction en pleine exécution tout simplement parce qu'on veut aller vite pour rattraper l'évolution de quelqu'un d'autre. Les étapes doivent être respectées avec rigueur, application et discipline. *On ne brûle pas les étapes sans se faire brûler.* On n'achète pas le véhicule parce que tous les amis en ont. Si votre surface financière ne permet pas, il ne faut pas prendre le crédit bancaire pour vous engager dans de tels projets. Il faut être patient, avoir un plan et travailler pour y arriver. Il y a plusieurs bonnes initiatives qui échouent — pas par manque de connaissance, mais par manque de discipline qui demande une pratique rigoureuse, de la répétition et le respect du temps prédéfini pour exécuter une tâche spécifique. Il faut faire la différence entre ce qu'on veut et ce dont on a besoin. Votre ami se sert d'un iPhone XL, mais si votre besoin se limite à l'utilisation d'un téléphone simple avec peu de fonctionnalités, acheter ce que les autres ont même si vous en avez les moyens, devient le gaspillage inutile qui décrit le comportement d'un adulte enfant sans aucune formation financière ; par conséquent, candidat au poste du vieux pauvre. Le désir d'avoir des objets de bonne qualité est un élément de motivation s'il cadre avec la réalité de l'entrepreneur, c'est-à-dire avoir les matériels qui vous améliorent ou facilitent la vie, mais pas des objets qui créent des dépenses supplémentaires pour le plaisir de recevoir des compliments inutiles qui ne font qu'alimenter le démon qui vous encourage à faire davantage de mauvais choix et finalement vous transformer en consommateur irresponsable. Vous ne devriez pas agir pour obtenir plus d'admiration, mais pour améliorer votre vie et celles autour de vous. Il est préférable d'accepter au présent les moqueries des gens qui n'ont rien accompli pour eux-mêmes, afin d'éviter de devenir l'un d'eux dans un futur proche, que de paraître en vivant une vie opposée qui ne colle pas à votre réalité du moment et après se retrouver sur les mêmes bancs des pauvres que ceux qui vous enviaient à cause du semblant d'être quelqu'un que vous n'avez jamais été. L'ambition doit être mesurée ; il n'y a rien de mauvais à vouloir obtenir quelque chose de bien, mais la décision doit être absolument motivée par ce que vous voulez faire comme projet, les priorités du moment et ce que vos ressources financières peuvent vous permettre sans créer des dépenses supplémentaires qui ne se justifient pas. Tous vos amis peuvent avoir des voitures, mais si votre besoin du moment se limite au vélo ou aux transports publics, même si vos moyens financiers peuvent supporter l'achat d'une voiture, le vélo devient la seule dépense autorisée que vous devez faire avec fierté. *Les dépenses utiles relèvent de la responsabilité ; en revanche le gaspillage est classé dans la catégorie des dépenses inutiles et de l'irresponsabilité qui prépare le futur malheureux.* Il ne faut jamais perdre de vue du fait que vous n'êtes pas en compétition avec quelqu'un ; alors il ne faut pas vous laisser distraire par le programme des autres dont vous n'avez ni connaissance, ni les moyens.

Il faut avoir un plan qui donne un sens à votre vie, le mûrir en tenant compte des sacrifices à consentir par rapport au résultat attendu. Il faut l'exécuter avec passion, discipline, et beaucoup de sérénité. Il y aura des moments difficiles et surtout des moments de distraction, mais il faut toujours garder à l'esprit les raisons de l'objectif du départ et l'image que vous faites de vous après avoir accompli la mission.

Champion, c'est votre moment : en fin de compte, ce n'est pas ce que vous pensez qui compte, mais ce que vous faites de ce que vous pensez. Les premiers pas — au moment où les gens vous jugent sans même vous connaître, au moment où ils doutent vos actions sans connaître ni qui vous êtes, ni de quoi s'agit votre projet, au moment où les autres ne croient à l'exécution du projet parce qu'ils ignorent votre degré de détermination — est le moment qui demande plus de concentration sur l'essentiel. ***Le bon Dieu n'est bon qu'avec ceux qui sont bons avec eux-mêmes.***

Un patient qui sait attendre le bon moment est toujours bien récompensé. *Il n'y a pas de moment parfait pour commencer, mais quel que soit le désir et l'empressement, certaines étapes doivent être absolument observées. Il est bon de prendre des risques, sous réserve que ce soient des risques calculés.* Il faut connaître ce qu'on veut faire et définir les raisons qui le justifient.

Lorsque la vie devient difficile, ce sont ces raisons solidement ancrées qui vont aider à continuer quelle que soit la complexité de l'obstacle. Connaître pourquoi on fait ce qu'on fait est un facteur déterminant pour le succès.

On ne prend pas une action pour suivre la masse, mais plutôt parce qu'on pense qu'elles sont nécessaires et utiles à faire pour le résultat espéré. Vous n'êtes pas n'importe qui, alors ne choisissez pas de suivre n'importe quelles actions ou personnes. Vous êtes un être humain, l'une des meilleures créatures avec le cerveau qui doit être utilisé à tout moment pour aider à prendre de bonnes décisions. Toutefois, quand le bon moment se présente, après réflexion il faut passer à l'action car la deuxième chance n'est pas garantie. Il ne faut pas craindre de commettre des erreurs, elles sont les meilleures enseignantes et prodiguent des leçons qui ne peuvent pas être obtenues par la réussite. Il est difficile — pour ne pas dire impossible — de devenir professionnel sans commettre des erreurs.

La richesse ne se crée pas en deux jours, mais demande beaucoup d'effort et de sacrifices. Le plus important est d'arriver au résultat sur une base solide avec beaucoup d'expériences et de maturité susceptibles de garantir la pérennité des acquis. Comme on le disait lors des premières lignes, la patience fait toujours la bonne combinaison avec la persévérance. Si les choses étaient faciles, le débat n'aurait pas sa raison d'être sur la réussite.

La vie a ses critères de choix et sa façon de conduire le teste impartial pour faire sa sélection et attribuer ses diplômes du succès. La richesse ne se crée pas en un jour, ni en une tentative, ni en une erreur. C'est là où on fait appel à la profonde conviction des raisons qui motivent. La croyance en soi et les éléments qui justifient le pourquoi de l'action.

La défaite instruit ; celui qui n'a jamais fait d'erreurs ne peut pas avoir un succès de longue durée. Les gens qui ont la capacité de surmonter les difficultés et de sortir de l'épreuve plus grande, ont beaucoup plus de chance d'éviter les mêmes erreurs que ceux qui n'ont jamais été testés. Il peut y avoir des moments de doutes, des moments où on se pose de mauvaises questions, les moments où on écoute la voix négative de soi au lieu de se parler avec le ton qui rassure, mais une personne qui est convaincue de sa raison d'être dans l'action et qui garde toujours en mémoire son image après avoir transformé le rêve en réalité, ne peut pas abandonner face aux obstacles.

Le réalisme est très important parce que la vie est pleine d'incertitudes. Alors, avant même de commencer une activité, il est important de garder à l'esprit que les obstacles font partie des ingrédients qui composent tout projet. Vous devez être réceptif et avoir une bonne compréhension du sujet car la réussite est complètement différente des jeux du hasard.

Un coureur qui tombe ne montre aucun fait nouveau aux spectateurs, mais la rapidité avec laquelle il se relève pour continuer la course, peut donner des indices de sa capacité de franchir la ligne d'arrivée. Il faut être prêt à commettre des erreurs et apprendre d'elles pour avoir la capacité de les contrôler afin de les éviter ou minimiser leurs impacts de nuisances sur l'objectif assigné. Rien ne peut résister à la force de la persistance. Les faits de l'histoire soutiennent que les seuls perdants au monde sont ceux qui abandonnent. Il y a des gens qui abandonnent à quelques mois, jours, ou heures de la ligne d'arrivée parce qu'ils perdent l'espoir sans savoir que les parties difficiles ont été déjà surmontées. Si ceux qui abandonnent savaient qu'il ne leur restait pas assez d'efforts pour arriver aux résultats attendus, beaucoup de personnes seraient en train de vivre la vie de leurs rêves.

LES ENNUIS DE SANTE DE MA MERE

La maladie de ma mère s'est intensifiée lorsque j'étais vers la fin de mes études supérieures, en pleine préparation du mémoire de fin d'études supérieures. Après les derniers examens de notre promotion, mon ami Mohamed Doumbouya et moi avions directement commencé à travailler sur nos thèmes de mémoire parce que nous étions tous pressés pour avoir nos diplômes en mains dans les meilleurs délais possibles.

Nous avions le même objectif : celui de finir le plus vite que possible. Mais nos raisons et sources de motivation étaient complètement différentes. Doumbouya voulait continuer ses études de master à l'étranger. Quant à moi, j'avais un besoin urgent de travail, pas forcément pour servir les causes du métier, mais pour obtenir une source de revenu permettant de prendre soin de ma mère et être en position d'honorer ses ordonnances médicales.

Nous étions en avance sur le programme préétabli pour les préparatifs du mémoire puisque quelques semaines après la sortie nous avons eu les premières données pour commencer à travailler sur nos planches à dessin et nous avions l'essentiel de tout ce dont avait besoin pour débuter les travaux sur nos sujets de mémoire de fin d'études supérieures, mais avec la maladie de ma mère qui nécessitait la mobilisation des ressources pour honorer ses ordonnances médicales, la responsabilité qui était la mienne pour faire face à cette obligation financière, j'ai décidé d'interrompre momentanément pour être sur le marché d'emploi que j'ai pu obtenir suite à plusieurs recherches qui ont abouti à une interview à la Société d'Études Guide S.A. À l'aide de mon premier emploi à GUIDE, j'avais adhéré un groupe de tontine (association collective d'épargne) auquel je versais l'essentiel de mon salaire les fins du mois jusqu'à ce que mon tour de collecte arrive pour utiliser la somme à l'hospitalisation de ma mère. Pendant que j'attendais mon tour, je l'avais envoyée à Forécariah chez son grand frère, mon oncle Ibrahima Camara (paix à son âme) pour aider aux soins avec les médicaments traditionnels

LE BESOIN D'AIDE

Ma mère souffrait d'une insuffisance rénale, et à cette époque, la Guinée n'avait pas d'installation pour traiter cette maladie. Quand l'état de ma mère s'est détérioré, après plusieurs jours à l'hôpital Ignace Deen sans espoir, mon grand frère Naby Conté, qui m'était proche, m'a conseillé d'aller rencontrer un monsieur qui était le directeur d'une régie financière qui s'occupait des évacuations sanitaires. Or, ce genre de cas était envoyé en Côte d'Ivoire, ce qui était au-delà de mes possibilités d'alors. Au début, j'étais très réticent à l'idée, mais lorsqu'il s'agit de sauver sa mère, on ne se pose pas trop de questions. C'est ainsi que très tôt le matin, je suis allé chez le directeur qui dormait encore. Je suis resté au portail en compagnie du gardien des lieux pour au moins deux heures ; un portail situé environ à 15 mètres de la somptueuse seule villa de la cour.

L'ESPOIR D'UNE PROMESSE

Quand le directeur était prêt pour sortir, avec les manœuvres de sa voiture 4x4 grosse cylindrée, il s'est arrêté pour attendre l'ouverture du portail. C'est en ce moment que je lui ai approché après les salutations d'usages pour dévoiler l'objet de ma visite matinale et solliciter son aide. Après quelques minutes d'échanges, il m'a donné rendez-vous à son bureau le jour qui suivait. J'étais soulagé et très heureux de la rencontre que je trouvais très fructueuse. J'ai fait le compte rendu à mon frère Naby avant de le remercier pour l'initiative. Une bonne nouvelle que j'avais également partagée avec ma fiancée Hawa, qui était constamment à côté de ma mère à l'hôpital.

Le lendemain fut une triste journée ; je me suis réveillé avec la nouvelle du décès de ma mère. Après avoir fait les premiers arrangements pour le corbillard, la prière à la mosquée et l'enterrement, j'ai tenu à honorer mon rendez-vous avec le directeur pour lui dire merci de la bonne intention et annuler ma demande d'aide puisque ce n'était plus nécessaire pour cause du décès.

Une fois à son bureau après les échanges avec la réception, j'ai été informé que le directeur ne recevait personne ce jour. J'ai dit à la secrétaire que j'avais un rendez-vous avec le directeur ; elle répliqua en disant que la consigne du jour est que le patron ne reçoit personne. Toutefois, j'ai pris la décision d'attendre afin de le rencontrer parce que pour moi, il avait peut-être oublié d'informer la réceptionniste de mon cas. Après des minutes d'attente, le directeur est sorti de son bureau, et il m'a vu à la porte ; je lui ai salué plusieurs fois, mais il semblait regarder ailleurs comme s'il ne m'avait jamais rencontré en se faisant passer pour quelqu'un qui était très pressé pour quitter le couloir ; c'est après ce constat que je lui ai dit, « Monsieur, je suis là pour notre rendez-vous, mais ce n'est même plus la peine puisque ma mère est décédée ce matin. » Après avoir joué au sourd, il a finalement soulevé la tête pour venir vers moi en disant, « Ô, bon Dieu, désolé mon petit, la prochaine fois, OK ? » J'ai tout simplement dit merci, et puis je suis parti.

Je dois admettre que cette attitude m'a beaucoup déçu. Le fait de me fixer le rendez-vous alors qu'il n'avait aucune intention d'honorer son engagement était un pauvre choix qui a enfoncé le couteau dans la plaie de mes ennuis parce que je pouvais au moins sauver mon transport et continuer à m'occuper de mon problème du jour dont il n'est pas du tout responsable.

Il est important de ne pas juger les gens ou les rendre responsables de nos problèmes. Même si le rôle que certains jouent dans une telle situation peut bien justifier une partie des blâmes, la pure réalité est qu'on ne contrôle pas l'humeur des autres. Par conséquent, l'exercice de les blâmer ne peut rien apporter de bon ; rien qu'une perte d'énergie et de la confusion qui entraînent des excuses faciles orientées vers l'inertie susceptible de freiner la recherche des pistes de solutions.

Dans la vie en société, surtout quand on est jeune adulte, il arrive très souvent qu'on ait besoin des services et le soutien des autres, ce qui veut dire qu'on est souvent exposé à plusieurs déceptions. Alors, l'essentiel n'est pas de se concentrer sur l'action ou la réaction des autres par suite d'une sollicitation, mais de faire en sorte que leurs actions ne soient pas un écueil. En même temps, il vaut mieux se préparer à gérer les déceptions.

LES PROMESSES NON TENUES

Il faut éviter de faire de fausses promesses lorsque vous savez au préalable que vous n'avez pas la volonté d'honorer votre engagement. Ça ne sert à rien de donner la fausse impression ou remplacer la vérité par le mensonge parce que de toutes les façons, l'éclairage ne va pas durer pour jeter le projecteur sur les faits. Il faut avoir le courage de dire non lorsque vous n'êtes pas en position de faire ce pour lequel votre intervention est sollicitée.

La promesse a un profond pouvoir sur la vie de ceux qui les attendent. Elle donne de l'espoir, sèche les larmes et rassure que demain sera toujours meilleur pour résoudre le problème pour lequel le prometteur a été sollicité. Lorsque l'engagement est respecté, ça donne du respect et renforce la confiance. Cependant, lors qu'il n'est pas, ça brise les cœurs, crée de la méfiance, surtout ternit l'image et la confiance qui est difficile à obtenir, mais très facile à perdre même par le fait de la négligence.

Malheureusement une fois la confiance perdue, la probabilité pour qu'elle ne revienne plus est très élevée.

Il faut avoir le courage de dire non avec le choix des mots appropriés dans un langage franc et sincère sans intention de blesser ceux qui vous exposent leurs problèmes.

Faire des promesses sans les tenir alors que vous savez que vous n'avez aucune intention d'aider fait plus de mal que de bien. Non seulement cela les empêche d'explorer d'autres voies pour trouver la solution à leurs problèmes, mais cela peut aussi les amener à engager des dépenses créées par votre fausse promesse, inutile de parler de la grande tromperie.

Alors, ceux qui font l'objet d'une telle déception doivent faire attention pour bien comprendre la situation ; au lieu de passer le temps à blâmer les autres pour leur comportement, il serait mieux de se focaliser sur d'autres voies. Ceux qui disent « non », sont déjà des participants à votre destin qui ne font que contribuer à changer la direction de la solution à votre problème en ouvrant d'autres fenêtres, donc les énergies doivent être focalisées sur la recherche de ces nouvelles opportunités.

MON PREMIER EMPLOI

Pour ma stratégie lors de recherche pour mon premier emploi, j'utilisais la méthode de porte-à-porte. Chaque matin, je parcourais les journaux pour des annonces d'emplois et visitais fréquemment les ministères et d'autres lieux susceptibles de poster des offres. Finalement, c'est au ministère de l'Emploi et des Mains d'œuvre que j'ai trouvé l'affiche d'un nouveau bureau d'études à la recherche d'un responsable des opérations ayant un diplôme d'ingénieur, génie rurale, économiste, ou un diplôme équivalent avec plus de dix ans d'expérience professionnelle et une bonne connaissance en outils informatiques. Après avoir lu l'affiche, il était évident que rien ne me qualifiait pour la position puisque je n'avais même pas soutenu ma thèse pour obtenir mon diplôme d'ingénieur ; je ne savais même pas faire un curriculum vitae (CV) correctement, et les dix ans d'expérience comme condition aurait dû définitivement briser mon rêve.

En effet tout était en ma défaveur sur la liste des conditions à remplir par les postulants. Je n'avais aucune expérience professionnelle ni aucune idée sur la nature et le volume de travail à accomplir. Bien que l'offre d'emploi fût claire et précise sur les candidatures acceptables, la situation du moment était devenue la source de motivation face à laquelle rien ne pouvait m'empêcher de tenter ma chance à laquelle je croyais énormément. À cet effet, sur cette affiche ma lecture était différente de tout ce qui était écrit et mon attention était restée sur ce qui pouvait me qualifier pour le poste. C'est ainsi que j'ai fait mon CV en mentionnant la connaissance en informatique. C'était sûrement la candidature la plus pauvre de tous les dossiers présentés pour le poste. La commission de sélection m'avait informé après que c'est la connaissance en informatique, le courage de me présenter avec si peu d'atouts pour le travail aussi important comme détail sur l'annonce et ma jeunesse qui les avaient motivés à m'inviter pour une interview même si le manque d'expérience et la pauvreté du CV étaient palpables. L'entretien s'est très bien passé parce que j'ai figuré parmi les présélectionnés. En fin de compte, j'ai été retenu pour un essai de trois mois. Les raisons de la disqualification des plus talentueux ne m'ont pas été révélées, mais j'avais appris que tous ceux qui étaient mieux qualifiés s'attendaient à une rémunération de dix fois plus que moi, et le bureau m'avait retenu pour seulement trois mois, le temps de prouver ce que je pouvais apporter au poste et pour eux de trouver le meilleur candidat dans le cas où je n'arrivais pas à livrer les services demandés. Dès mon premier jour au travail, j'ai commencé à dresser la liste des institutions internationales et agences installées à Conakry afin de prendre des rendez-vous pour des contacts directes avec les premiers responsables afin que notre bureau d'études GUIDE S.A soit inscrit sur leurs listes de présélection des bureaux à consulter en cas d'appel d'offres pour les études ou réalisation des marchés qui relèvent de nos domaines de compétences. Cet exercice a été facile parce que j'avais expérimenté une démarche similaire lorsque je cherchais une bourse d'études à l'extérieur de la Guinée. J'utilisais les mêmes journaux et relations pour obtenir les adresses et les numéros de téléphone. Le matin j'étais occupé à faire des appels pour les rendez-vous et j'organisais mes sorties pour les rencontres. Mon temps entre le bureau et le terrain était rigoureusement organisé dans un calendrier d'exécution avec les détails sur les personnalités à rencontrer, leurs noms, les occupations dans leurs institutions, le jour et l'heure des rendez-vous, l'heure à laquelle il fallait appeler pour confirmer chaque rencontre, et les sujets importants à aborder. Une fois la rencontre déterminée, dès mon retour au bureau, je relisais mes notes de la rencontre et rajoutais de nouveaux noms et contacts obtenus. Je prenais toujours soins de demander à mes interlocuteurs de me recommander à leurs connaissances ou partenaires dans le même cadre ou dans tout projet similaire. Mon début était très encourageant, et mon apprentissage en développement de contacts dans le milieu professionnel m'était très intéressant. La jeunesse est un atout majeur ; son enthousiasme et la hargne de vaincre sont toujours appréciées par la majorité des aînés. Les personnes rencontrées étaient très réceptives et prêtes pour m'aider à réaliser mes objectifs. Ils m'ont beaucoup enseigné par leurs méthodes, et j'ai eu l'opportunité de prendre pas mal de notes. L'énergie de la jeunesse doit être gérée pour la bonne cause. À la fin de mon premier mois en tant qu'employé à la Société d'Études Guinée S.A, qui s'appelait à l'époque Guinée Développement, j'ai demandé une discussion avec mon patron pour lui faire le compte rendu de mes activités du mois. Ce qui a été obtenu et arrangé ; quand j'ai terminé mon exposé, suivi des recommandations, mon patron M. Maladho Barry m'a directement embauché en plein temps sans attendre les deux autres mois de la période d'essai, c'est-à-dire qu'au lieu d'une période d'essai de trois mois, le Directeur Général a jugé qu'à partir des résultats d'un mois de prestations qu'il avait vu suffisamment de preuves pour me retenir comme son principal collaborateur pour le long terme.

GUIDE m'a accordé beaucoup d'expérience, et a éveillé ma curiosité et m'inspiré d'apprendre davantage. *C'est la recherche d'emploi qui m'a amené dans la boite, mais en fin de compte, GUIDE m'a donné aussi une famille avec des qualités humaines de son premier responsable, Elhadj Maladho Barry, qui est devenu un frère avec qui j'entretiens encore de solide rapport.*

Ayant été étudiant encore sur le projet de mémoire de fin d'études, et toujours sans emploi, je me suis retrouvé le second responsable d'une nouvelle structure qui gérait plusieurs consultants nationaux et internationaux sur des études et projets de développement. Une partie de ma responsabilité était de contribuer à mettre en place une banque de curricula vitae ; ce qui demandait la prise de contact avec des consultants nationaux qui étaient, pour la plupart, des fonctionnaires d'État et professeurs à l'université. Cette banque était mise à contribution à chaque fois qu'on n'avait des sujets complexes qui dépassent les compétences internes du bureau, ou en cas de besoin pour la composition d'une équipe multidisciplinaire. M. Salifou Cherif Diallo était un ami et proche collaborateur de notre directeur. Il m'a été un grand soutien et j'ai beaucoup appris avec lui.

J'étais souvent dépêché pour aller rencontrer certains cadres nationaux de l'administration dans les ministères, ou les professeurs d'université afin d'établir un cadre de collaboration avec notre bureau. GUIDE était une grande école pour moi, un environnement qui me poussait à m'interroger sur mes lacunes et ceux dont j'avais besoin pour tirer le meilleur de moi-même. C'était un endroit en contact permanent avec l'intelligence nationale et internationale. J'ai eu le privilège de rencontrer plusieurs intellectuels qui m'ont donné l'envie de me surpasser et de dominer ma timidité par la recherche de connaissance.

LES DIFFICULTES DU DEBUTANT

Comme je l'ai mentionné précédemment, je suis d'une génération qui a étudié en langue nationale ; le niveau faible de la langue française et les lacunes que ma génération avait ont été des inconvénients importants qui ont fortement influencé nos actions et renforcé notre timidité.

Cette lacune a réduit notre capacité de parler en public et à tenir une conversation de longue durée en français à cause du fait que le système français et les cadres formés sont peu indulgents avec ceux qui commettent des fautes grammaticales. Au lieu d'encourager quelqu'un qui fournit des efforts pour parler le français, il est tout simplement jugé comme semi lettré ou mal formé à cause du niveau faible en français. Chez GUIDE, j'étais le plus jeune de la boîte, et les anciens que j'avais la chance d'avoir comme collaborateurs étaient tous déterminés à m'aider à apprendre.

Mon premier mois à GUIDE était aussi un moment de galère, car je n'avais pas le minimum de ressources pour assurer le transport de la maison au travail, ni d'argent de poche pour manger correctement à midi. Je venais de commencer, et il était difficile pour moi de demander de l'argent à mon patron comme avance sur salaire afin de mieux gérer le premier mois. La plupart de mes déplacements pour les contacts étaient faits à pied. Je suis sûre que le directeur de GUIDE, qui est d'une grande générosité, va m'en vouloir en lisant cette partie pour ne pas lui avoir tout dit afin qu'il intervienne, mais la réalité est que mon destin devait se forger sur ces épreuves, valeurs et principes, avec les différents choix du moment pendant lesquels je trouvais plus de confort et d'aisance à opérer convenablement.

Chaque midi, je quittais Sandravalia où se trouvait notre bureau pour la Place des martyrs à Boulbinet, où je pouvais avoir la chance de trouver des galettes qu'on appelle les *takoula* (nourriture locale à base riz), ainsi que des arachides grillées pour une valeur de 100 francs guinéens. C'était mon déjeuner de midi pour tenir la journée et ce, pendant plusieurs mois ; je me nourrissais de cette façon car c'était ce que mon budget me permettait, mon salaire ayant été retenue pour les soins de ma mère.

Cette page de mon histoire me donnait de l'espoir et j'étais très heureux du choix même si je n'étais pas satisfait de ma situation du moment parce que c'était une étape qu'il fallait vivre sans être redevable à quelqu'un qui aurait pris la partie en charge.

La vie est une question de priorité, et on ne brûle pas les étapes sans se faire griller. De mon jugement d'alors, le moment n'était pas opportun pour demander des services ou des faveurs à mon employeur dès le début de notre collaboration.

À mon avis, la chance de satisfaction d'une demande obéit à un certain nombre de critères au préalable. Il est nécessaire de connaître l'émotion de la personne à qui la demande va être orientée, ses valeurs et ceux qui font appel à son action.

À cet effet, ces conditions doivent être réunies avant toute action dans ce sens. L'opportunité, le moment, la manière de demander, et l'endroit doivent tous être évalués afin que vous soyez en bonne position pour atteindre la réussite. Comme ces éléments cités étaient absents, il fallait patienter et accepter de payer le prix qu'il fallait pour éviter une réponse défavorable qui m'aurait certainement affecté dans le travail, mais surtout amener mon patron à se faire des idées qui ne collent pas à ma personnalité ; quelque chose qui pouvait affaiblir le moral et la motivation pour la mission à accomplir au cours de la période d'essai. Le temps m'a permis de conclure qu'avec peu d'effort de communication, mon patron qui a une grande qualité humaine pouvait bien me faciliter la tâche.

Parfois, il faut accepter l'inconfort d'un poste pour un confort plus tard. Avec le courage, l'espoir comme la force motrice et la persévérance on y arrive toujours parce que rien ne peut résister à la force de la persistance.

GUIDE, en plus d'être mon premier employeur, a été toute une école pour moi. Une opportunité de connaître la réalité du monde du travail, les contacts avec les consultants nationaux et internationaux sont des choses qui ont fortement influencé ma vision sur ce que je voulais devenir et ma hargne d'apprendre de nouvelles choses continuait à grandir considérablement. J'avais d'énormes respects pour le savoir et mon admiration pour ceux qui se distinguent par leurs niveaux intellectuels n'avait aucune comparaison possible en rapport avec le matériel. Ma curiosité et de nouvelles idées se développent à chaque fois que je suis en contact avec les consultants de ce milieu.

Dans mon rôle d'assistant aux consultants nationaux et étrangers, l'occasion m'était donnée de découvrir l'immense potentialité intellectuelle que le pays regorge. Des gens bourrés de talents, mais qui, très souvent vivent dans l'anonymat dans les différents départements ministériels du pays.

La Guinée est bien ce pays de paradoxes où les talentueux qui devraient être dans les meilleures conditions de travail courent à pied sous le soleil, pendant que les plus médiocres sont confortablement installés dans leurs bureaux climatisés. *La vie est parfois très injuste, et plusieurs pays en souffrent car les gens ne sont pas à leurs places.*

Ce n'est jamais ce que vous connaissez, mais qui vous connaissez ; le favoritisme, la corruption et le clientélisme sont des maux qui font que le destin de ces pays est toujours compromis avec un futur qui n'offre aucune bonne perspective.

Le désir d'apprendre avec mes aînés et l'envie d'acquérir leurs niveaux de connaissance étaient des ingrédients qui favorisent mon attachement au bureau d'études et l'ambition de me surpasser était devenue plus brûlante. En plus de ma disponibilité comme assistant aux consultants, de la recherche d'informations à la rédaction des rapports, l'apprentissage de la langue anglais faisait également partie de ma liste des priorités.

C'est dans ce cadre-là que je me suis inscrit au Centre de la Langue Anglaise (CLA) à l'université Gamal Abdel Nasser pour les cours du soir. J'avais les cours trois fois par semaine à partir de 16h30. Cet arrangement était possible grâce à la bonne compréhension de M. Maladho Barry, le directeur de GUIDE, qui a accepté que je quitte le bureau plutôt que prévu pour les jours indiqués.

Le CLA a été une expérience exceptionnelle ; en plus d'offrir des cours d'anglais, qui étaient la raison essentielle de ma fréquentation, j'ai eu l'occasion de faire des amitiés qui continuent de me servir à ce jour. Je compte parmi les amis, M. Sidiki Siré Kaba, mon associé et partenaire de plusieurs entreprises. Dans le but de nous aider à pratiquer nos cours d'anglais, mon ami Sidiki et moi avions établi un calendrier d'interaction sur les exercices à faire. L'un avait le devoir d'écrire à l'autre pour lui expliquer comment il a passé la semaine, les faits marquants dans le quartier, et la situation particulière de sa famille avec une utilisation extensive des mots clés concernant les leçons enseignées au cours précédents ; ce qui, par conséquent, faisait l'obligation à l'autre de répondre de la même façon la semaine qui suivait la réception du courriel de son ami.

Cette interaction a été très bénéfique et m'a permis de prendre beaucoup d'avantages par rapport à nos camarades de classe qui n'avaient pas penser à cette méthode. Elle nous a aidé à réduire notre isolement dans l'apprentissage et nous a poussé à fournir plus d'efforts à la recherche et compréhension de nouveaux mots anglais. L'un des plus grands défis étant la pratique de la langue anglaise dans un milieu où il était difficile de trouver des interlocuteurs outillés à cet effet.

Notre formation académique au CLA a duré environ un an, ce qui a couvert les deux niveaux d'Anglais élémentaires que le Centre offrait. C'est après ce programme, qu'en août 1998, j'ai quitté la Guinée afin de m'installer aux États-Unis.

L'obtention du visa n'a pas été facile : j'ai été refusé deux fois avant que je ne l'obtienne lors de ma troisième tentative. On ne va jamais répéter ça assez dans cette œuvre, s'il y a un seul mot que nous devons détruire de nos mémoires et vocabulaire ; c'est bien le mot « impossible ». Ce mot doit réveiller la conscience, qui pousse l'orgueil et le désir de vaincre l'épreuve qui teste la volonté d'obtenir ce qu'on veut. Le mot « non » n'est pas et ne doit pas être la réponse finale, mais plutôt le début de la conversation. Ça prouve au moins que la partie adverse a la volonté de dialoguer, donc la porte de l'espoir est encore ouverte ; ce qui veut dire que la naissance du « oui » est encore possible. Lorsque le mental est formaté pour voir l'échec comme le chemin vers la victoire, il est évident qu'avec une telle lecture, le succès n'est qu'une question de temps. Chez GUIDE, mes collaborateurs, à partir du premier responsable, Elhadj Maladho Barry, étaient une partie de ma famille. Les secrétaires qui y sont passées à mon temps en commençant par mon amie Kadiatou Coumbassa, étaient pour la plupart des jeunes dames à leurs débuts de carrières professionnelles. Nous étions comme des frères et des sœurs. Quand ma première tentative pour le visa avait échoué, ma sœur Bintou Béavogui, maintenant Mme Soumah, était notre secrétaire titulaire. Elle était particulièrement très peinée pour moi et ne pouvait pas du tout cacher son chagrin du moment dû à la mauvaise nouvelle. En effet, ses émotions étaient très prononcées, et son visage affichait une tristesse subtile mais lisible. C'est lorsque j'ai commencé à rire qu'elle a repris son souffle. Je rassurais ma sœur en ces termes : ne t'inquiètes pas ma grande, ils vont refuser jusqu'à ce qu'ils finissent par accepter. Nous nous sommes mis à rire et sommes aussitôt passés à la routine sur les activités du bureau. Le destin et le succès sourient à ceux qui croient à leur existence, qui se disent que c'est possible, que tout n'est pas perdu. On ne perd que lorsqu'on abandonne. Cette phrase, elle était vraie hier, encore valable aujourd'hui et pour toujours. Soyons des gens qui cultivent l'habitude de commencer et de finir les projets à temps, des personnes qui n'abandonnent des travaux inachevés et qui sont toujours prêtes à se donner à fond dans tout ce qu'elles font avec conviction et confiance. *Le court chemin n'est pas toujours le plus court des chemins.* Être également conscient de la sensibilité de ceux qui partagent certains moments avec nous, parce qu'en fin de compte, l'humanisme reste l'un des facteurs importants de la vie en société. Cette attitude de ma sœur Bintou m'a témoigné une grande amitié et complicité entre collaborateurs. Avoir le souci pour la réussite des autres, se donner de la peine d'être à leur place, en faire de leurs situations heureuses ou malheureuses les siennes sont des attributs des bonnes personnes qui ont beaucoup de chance de réussir dans leurs projets personnels. Celui qui a peur de zéro n'aura jamais dix, celui qui attend d'être riche pour être généreux, n'a aucune connaissance de la richesse et ne peut pas réussir facilement. Celui qui pense qu'il n'a rien à donner à ses collaborateurs ne sait pas ce que les autres attendent de lui. Parfois, de simple sourire, le temps à partager, ou des gentils mots d'encouragement. Les choses qui sont disponibles en abondance et à la portée de tout le monde. Avec un peu d'efforts doublé de l'amour du prochain issu de la volonté d'une contribution positive à la vie des autres, on peut toujours parvenir à marquer ses empreintes dans le bon sens et laisser une mémoire intarissable dans leurs cœurs. L'être humain est le fruit de la société dans laquelle il vit, son milieu et les personnes avec lesquelles il passe l'essentiel de son temps parce que la courtoisie est contagieuse, tout comme l'arrogance ou la mauvaise humeur.

ON SE FAIT DES NOMS PAR NOS ACTES

Chacun de nous pendant l'existence de vie, à au moins trois noms. Le premier dépend du destin, de quelque chose qu'on ne contrôle pas. Quand un enfant nait dans une famille, la première question qu'on se pose souvent dès après l'annonce de la nouvelle, est relative au sexe de l'enfant ; le bébé est de quel sexe, féminin ou masculin ? La réponse à cette question dépend de ce que la nature, le bon Dieu aurait décidé sans notre avis ; c'est pourquoi, on l'appelle le fait divin. Une fille ou un garçon, c'est ce qui devient le tout premier nom de l'enfant.

Cela étant, ce sont les parents et la famille en fonction de leurs coutumes ou influences religieuses qui vont décider du deuxième nom de l'enfant. Ceci relève du domaine du choix pour la famille parce qu'elle a la possibilité de choisir, mais un destin pour l'enfant parce qu'il n'a pas participé au choix et n'a pas encore la faculté de comprendre le monde de son appartenance ; par conséquent, n'est pas du tout associé à la prise de décision.

Cependant, le choix et la recherche du troisième nom dépend individuellement en grande partie de chacun de nous, de notre responsabilité. C'est à nous de dire à la société comment nous faire référence, l'appellation de

145

notre choix. Ce n'est pas forcément le fait de Dieu ou du destin, mais plutôt la responsabilité individuelle de chacun et l'effort qu'on y met. On peut choisir de se faire appeler docteur, ingénieur, artiste, ou menuisier, tout comme on peut aussi se faire appeler par le grand public voleur, menteur, ou criminel.

Alors, il est très important qu'on ait une vision large sur la nature de nos rapports et le jugement envers les autres. L'ethnocentrique relève de la naïveté ou des considérations sciemment orchestrées par ceux qui ont des agendas particuliers de contrôle d'autrui pour opposer les uns contre les autres afin d'assouvir à leurs propres besoins. L'appartenance à une ethnie ou à un groupe racial est un fait du destin, et la diversité ne doit pas être un handicap pour le vivre ensemble, mais plutôt des atouts considérables à célébrer. À cet effet, personne ne doit être jugée à cause de son appartenance ethnique, religieuse, ou affiliation à des réseaux qui ne sont pas nuisibles à la société ; les gens doivent être jugés par leurs capacités, le comportement et leurs règles de conduite en société.

MA RELATION DE COMPLICITE

Je n'ai aucune idée de ce que je pouvais accomplir sans le support de ma femme. La vie nous offre plein de possibilités, et l'une des meilleures est d'avoir une bonne personne comme partenaire à vie. Je suis très chanceux d'avoir une bonne femme qui se bat pour pousser son mari vers le progrès. Le mariage est un contrat complexe parce qu'il est censé être pour la vie, mais quel que soit le niveau de relation avec une personne, il est très difficile de la connaître suffisamment de nature à deviner son comportement dans la gestion du mariage et la vie en couple une fois qu'elle est installée dans la maison conjugale. C'est l'apparence physique qui invite souvent vers le premier pas dans une relation de couple, mais il faut plusieurs facteurs tels que l'amour, le respect mutuel, le pardon et une bonne communication pour une vie durable en parfaite harmonie avec un degré élevé de confiance, de compréhension et de complicité. Mon cas est un bel exemple ; je suis un homme heureux et fier qui continue à remercier son créateur pour m'avoir donné la femme qui continue de créer de la lumière dans sa vie.

Le début n'a pas été facile, parce que d'une manière générale, le pauvre a peu de chances de se retrouver avec une femme belle et intelligente — surtout lorsqu'il s'agit d'une personne convoitée qui, par sa beauté angélique, fait perdre le sommeil à tous les riches du coin. Chez nous quand vous cherchez le contacte d'une jolie fille et que les gens vous disent qu'elle n'est pas votre pointure et à la fille ce petit n'est pas votre valeur, ou que les amies et parents de la fille commencent à la harceler en lui demandant qu'est-ce que tu cherches avec ce gars-là ? cela veut dire tout simplement que vous êtes encore dans le cercle de la pauvreté. J'ai eu la chance d'avoir la meilleure femme auprès de laquelle plusieurs amis et membres de famille trouvent refuge.

LE SUPPORT D'UN AMI

Lors de notre mariage, j'ai été vivement frappé par le geste amical d'un ami. À la veille du mariage, mon ami, qui connaissait ma situation financière, est venu me voir la nuit avec un boubou blanc, un ensemble de joli bazin bien brodé. Il avait eu l'initiative de me faire une surprise, mais comme il n'avait pas les moyens de m'en offrir un cadeau, alors il est parti emprunter le boubou pour que je puisse l'utiliser pour le mariage. Ce geste m'a marqué et m'a fait sourire ; je l'ai remercié pour la bonne intention et la preuve d'amitié dont il venait de démontrer. Toutefois, je lui ai respectueusement prié de bien vouloir accepter que j'utilise le petit complet de bazin à qualité inférieure que j'avais préparé pour la circonstance et finalement nous étions tous d'accord que le bon choix était le mien. L'acte de mon ami m'a marqué énormément, et avec cet acte, il s'est fait une place de choix dans mon cœur, mais cette décision que j'avais prise concernant la préférence de mon pauvre boubou à la belle tenue empruntée, a été le meilleur des choix de ma jeunesse.

IL NE FAUT PAS ACCEPTER TOUTE FORME D'AIDE

D ans la vie, chaque chose a son temps, et chaque choix entraîne des conséquences, quelles que soient les intentions. *Les actes d'aujourd'hui peuvent avoir de graves conséquences à l'avenir* et comme l'histoire n'a pas de brouillon, chacun doit faire attention aux actes qu'il commet — surtout lors des moments les plus rudes. Cela dit, il faut toujours évaluer l'impact des décisions du présent en rapport avec leurs implications et le niveau de nuisance sur le futur parce que les décisions d'aujourd'hui peuvent être des obstacles infranchissables de demain avec une incidence inépuisable sur la conscience. *La facilité n'est pas toujours facile, et ce qui semble être le court chemin peut être le plus long et complexe des chemins à parcourir.*

LE SACRIFICE POUR LE LONG TERME

U n jour, un de mes amis me disait qu'il était très gêné de voir que j'étais le seul parmi notre cercle d'amis qui avait encore un poste de télé noir et blanc, parce que selon lui, tous les autres avaient évolué avec des télévisions en couleurs en grands formats. Ironiquement, ce que mon ami ne savait pas en ce moment-là, c'est que même cette télé qu'il méprisait ne m'appartenait pas. Quelqu'un qui avait des problèmes d'argent, qui venait de me l'a laissée contre une somme d'argent, et j'attendais impatiemment son retour pour reprendre sa télévision afin de récupérer mon argent. Une autre information qui manquait cruellement à mon ami, c'est que j'avais plus d'argent que plusieurs de ses amis dont il faisait référence, mais j'avais une vision, un plan à exécuter, donc la télévision n'avait aucune valeur pour moi. Je voulais tout faire pour sortir du pays pour aller étudier en occident, alors comme je ne pouvais compter que sur moi-même, ainsi il fallait que je sois réaliste et résister à certaines tentations et distractions en gardant tout ce que je pouvais épargner. Dans la vie, pour avoir demain ce que vous voulez, il faut accepter de faire les sacrifices nécessaires aujourd'hui. Mon ami était surpris d'apprendre que j'étais prêt à quitter le pays pour aller étudier aux États-Unis. Quand il m'a demandé comment j'ai fait, par courtoisie et respect, mais surtout pour ne pas heurter sa sensibilité de nature à en faire souffrir notre amitié à laquelle je tiens énormément, j'ai tout simplement esquissé un rictus, mais au fond de mon cœur, je voulais répondre en disant : « Je n'avais pas de télévision en couleur chez moi ». Maintenant à chaque fois qu'on se rencontre dans la rue ou qu'il me rende visite chez moi, à Conakry, je constate qu'il est toujours gêné, mais cette fois ci, pas pour moi, mais plutôt pour lui-même pour ne pas avoir fait la bonne observation, posé les bonnes questions et suivi les traces des amis qui avaient des visions à long terme au lieu de ceux qui étaient attirés seulement par les objets éphémères du présent. *Dans la vie, rien n'est gratuit. Tout vient avec un prix, et seuls ceux qui sont prêts à payer le prix qu'il faut vont avoir les biens ou services qui correspondent au prix payé.* On dit souvent que la première étape pour avoir ce que vous voulez dans la vie est de savoir ce que vous voulez et de comprendre que vous n'avez rien à prouver à qui que ce soit, et que vous n'avez pas à impressionner qui que ce soit non plus. *Ceux qui vous aiment ne font pas attention à la couleur de votre chemise ou la manière dont votre salon est installé.* Il faut vous occuper de l'essentiel ; ce qui est plus important, c'est de faire en sorte que vous soyez à l'abri des besoins élémentaires à des moments où vous n'avez plus la force de travailler ; alors l'énergie de la jeunesse doit être judicieusement et intelligemment exploitée. Il faut accepter les moqueries des gens qui n'ont pas de visions et qui ne comprennent pas comment ce monde fonctionne pour ne pas être un d'eux demain sur le banc des malheureux à la recherche de quoi manger. Dans la vie, il y a des choses qui ne se présentent qu'une seule fois et une fois qu'on rate l'occasion, la deuxième chance n'est plus garantie. L'opportunité se présente sous plusieurs formes ; il faut apprendre à la saisir ainsi que l'avantage qu'elle vous offre et avoir la capacité de voir ce que les yeux ne peuvent pas voir. Il y va de même pour le temps : ce qu'un jeune de moins de 30 ans peut faire n'est pas souvent à la portée d'une personne en âge avancé. Il y a également la parole, le comportement et le choix des mots qui sont très importants.

LE CHOIX DES MOTS ET LEURS CONSEQUENCES

J'ai été disqualifié d'un test de sélection pour les études post universitaires au Canada à cause d'une phrase. Ma lettre de motivation comprenait cette phrase : *Le salut de l'Afrique viendrait de la valorisation de l'expertise locale parce que celle de l'extérieur dont on fait fréquemment appel est très coûteuse, et très souvent ce sont des personnes qui n'ont pas de bonnes connaissances de nos réalités.* Les membres du jury étaient gentils de me rendre mon dossier avec cette phrase soulignée en rouge. Je crois à ce que j'avais dit, mais je pense que j'ai manqué de sagesse pour comprendre que les autres pouvaient se sentir blessés. Sinon au lieu de dire qu'ils sont coûteux et ne connaissent pas la réalité, je pouvais dire qu'on peut faire appel à l'extérieur quelquefois si nous avons des sujets complexes et qui dépassent la compétence locale. Cela invite la collaboration, contrairement à ma phrase, qui semblait plutôt dans la sphère du nationalisme et de la confrontation. Le choix des mots est extrêmement important. On n'écrit pas pour soi seulement, mais pour tous les lecteurs, alors le respect et le point de vue des autres doivent être pris en compte. C'est très dommage que des gens se sentent offensés après une lecture et se faire une opinion négative de l'autre sans que celui-ci ne soit en position de clarifier sa position. Il est normal que les gens ne soient pas d'accord avec l'auteur sur la forme et le fond, mais l'éthique et la courtoisie de l'écriture ne doivent pas souffrir des excès de la plume. Nous devons toujours tenir compte de la sensibilité des autres et de l'impact de nos actions sur leurs consciences. Certaines choses nous rattrapent toujours en bien tout comme en mal. Il faut faire attention aux actes du présent parce qu'ils constituent le futur d'un passé. Les actes une fois posés deviennent une partie du passé immunisé des ratures ; il n'y a aucune possibilité de changer quoi que ce soit, alors le choix des mots et des actes doivent tenir compte de leurs implications pour la réalisation des futurs projets.

LA RECHERCHE DU BIEN ETRE

La recette n'est jamais simple ; ce sont les dépenses qui sont élevées. À cet effet, il est important de faire la différence entre ce qu'on convoite et ce dont on a besoin. Il est beaucoup plus facile de garder une somme d'argent par le biais d'une discipline financière que de chercher à en avoir une.

Connaître qui vous êtes est très important pour qui vous voulez devenir, car le futur n'existe pas sans le présent, alors il ne faut pas du tout essayer de faire ce que les autres font parce que vous n'avez certainement pas les mêmes passés, les mêmes objectifs, conditions de vie ou perspectives d'avenir.

Vingt-quatre est le nombre d'heures garanties par jour à tous les êtres humains avec une intelligence supérieure par rapport aux autres créatures. À nous de les gérer pour créer le style de vie de nos choix. Toutefois, il est important de garder à l'esprit que ce qui semble être facile ne l'est pas toujours parce qu'il y a souvent un coût caché qui est très élevé.

Un employé sans aucune éducation financière est programmé à travailler pour le reste de sa vie sans connaître le bonheur d'une vie paisible, parce que dans sa mentalité, la richesse du salarié est dans les poches de son employeur. À cet effet, l'augmentation du salaire devient, à ses yeux, le seul moyen qui peut améliorer ses conditions de vie. Malheureusement, la mauvaise nouvelle pour cette pensée limitée est que personne ne donne du travail à quelqu'un pour lui rendre riche, mais plutôt pour aider l'employeur à s'enrichir davantage.

Les personnes qui sont financièrement averties avec un plan pour sortir de la pauvreté, ne dépensent pas toutes les sommes reçues en termes d'augmentation de salaire ; ils gardent leur niveau de vie initial et investissent le surplus pour la création de richesse.

Cependant, ceux qui n'ont pas d'intelligence financière, chaque augmentation de salaire invite chez eux des dépenses supplémentaires par le fait des pauvres choix qui entraînent d'autres charges ; comme par exemple, acheter une vieille voiture dont le coût d'entretien est difficile à supporter.

Les décisions entraînent des conséquences bonnes ou mauvaises. La qualité de vie ne peut pas être dissociée à la capacité de penser

Le rôle et l'obligation de l'employeur c'est de respecter les clauses du contrat, y compris le paiement des salaires dans les délais possibles, mais les stratégies pour vous sortir de la liste des salariés vers l'indépendance financière est entièrement votre responsabilité.

Il faut réfléchir sur les moyens à disposition en fonction de l'avantage comparatif du milieu dans lequel vous vivez. L'agriculture est un bel exemple pour les Africains — surtout ceux des pays comme la Guinée qui sont favorisés par la nature avec une pluviométrie enviable et des terres fertiles et cultivables en abondance.

Très souvent les moyens financiers sont indexés comme des obstacles parce que l'initiative de mobilisation des ressources financières est toujours limitée à l'aide venant de l'autre, alors qu'une organisation interne en association et synergie des efforts peut bien contribuer pour le démarrage d'une activité génératrice de revenus qui peut finalement aboutir aux objectifs du long terme. Les fonctionnaires dont les revenus mensuels ne permettent pas d'épargner suffisamment pour s'engager en business peuvent par exemple se regrouper autour d'une initiative en association informelle permettant de mobiliser des ressources pour commencer par le billet des tontines sur la base du peu que chacun peut épargner à la fin des mois.

Le plus gros problème des Africains est que chacun veut être riche tout seul ; peu nombreux sont ceux qui veulent avoir des partenaires et par conséquent, le risque d'une activité est concentré sur la seule personne qui veut évoluer en solitaire. L'esprit d'entreprise organisée autour du partenariat, débarrasser des idées qui ferment la porte vers les autres peut résoudre assez de défis qui sont difficiles à vaincre par un seul individu.

Quand vous êtes en groupe, le risque est partagé, et chacun peut facilement s'occuper d'autres choses, donc le coût d'opportunité est minimisé par ce que toutes les ressources ne sont pas injectées dans une seule activité. Ceux qui pensent que la banque peut les aider avec un compte épargne sont mal renseignés. Les banques commerciales ne possèdent ni ne produisent d'argent ; c'est l'argent de leurs clients qu'ils utilisent. Les divers comptes courants et épargnes leur donnent la possibilité de faire de l'argent par les prêts qu'ils donnent aux investisseurs contre des intérêts qu'ils collectent. Le compte d'épargne — qui n'est pas du tout épargné des agressions de l'inflation et les impôts du gouvernement — n'est pas la forme d'investissement la plus idéale. La technique que les gouvernements utilisent pour confisquer légalement l'argent des citoyens, c'est bien par les taxes et l'inflation.

Cela étant, si votre passion ou seul plan pour la retraite est de garder de l'argent, alors mon meilleur conseil pour vous est d'acheter de l'or et le garder, car l'or continue son appréciation en valeur monétaire tandis que la monnaie se déprécie considérablement.

Comme pour illustration des dégâts de l'inflation sur les épargnes, en 1998, le loyer d'un appartement en simple chambre salon à Conakry était de cinq mille francs guinéens ; aujourd'hui, il faut au moins 100 fois plus pour espérer être en position de négocier avec succès un tel appartement au même endroit. Alors, si vous aviez en ce moment votre argent en banque pour vous permettre en vingt ans d'avoir un appartement décent, il est évident que ce projet était déjà mort-né.

L'inflation peut être considérée comme une forme de taxe — ou une méthode par laquelle le gouvernement appauvrit son peuple. Faire payer aux citoyens le prix de leur manque de discipline budgétaire parce que chaque billet imprimé sans mesure appropriée contribue à affaiblir la monnaie locale. Ceci est particulièrement vrai pour les pays qui ne produisent pas beaucoup puisque le niveau des exportations est très faible avec un taux d'investissement qui ne permet pas de compenser les anomalies causées par de mauvaises décisions fiscales.

Au lieu de dépenser en fonction de la capacité de mobilisation des ressources locales pour financer leurs projets, ils font simplement appel à l'imprimerie. Ils fabriquent et mettent en circulation de nouveaux billets qui rendent les choses plus chères pour tout le monde. Ainsi, ils contribuent à l'appauvrissement de son peuple en réduisant son pouvoir d'achat.

Les produits de grande consommation deviennent de plus en plus chers ; les retraités et autres vivant de revenus fixes sont abandonnés à leur triste sort.

Ce qui rend les biens immobiliers ou les matières primaires beaucoup plus attrayants. La valeur de l'or apprécie tandis que celle de la monnaie déprécie sous la manipulation des gouvernements pour satisfaire leurs désirs spécifiques. Cet exemple peut être appliqué à plusieurs autres matières précieuses ou d'investissement qui peuvent apporter de la valeur sur la durée. L'or n'est qu'une illustration pour démontrer les faiblesses du compte d'épargne dont le taux d'intérêt est toujours insignifiant par rapport à un investissement de qualité.

Concluons cette section par quelques remarques :

1. Les dépenses signifient responsabilité et le gaspillage signifie irresponsabilité ou projet de pauvreté.
2. Ceux qui se préparent pour une vieillesse aisée accepteront une jeunesse inconfortable.
3. Si vous ne travaillez pas quand il faut travailler, vous ne vous reposerez pas quand il faudra vous reposer.
4. Ce n'est pas les plus doués qui réussissent dans la vie, mais plutôt ceux qui acceptent de prendre des risques calculés ; ceux qui voient la vie comme une possibilité, qui croient à la matérialisation de leurs idées, qui se disent que tout est possible.
5. Celui qui craint de tomber ne va jamais connaître le plaisir du vélo.
6. Si vous avez une destination, ne demandez pas les directions à quelqu'un qui ne cherche aller nulle part
7. Le divorce est votre destin pas la destination, alors ne vous laissez pas abattre par les circonstances de la vie
8. Chacun participe à la confection de son destin.

L'HABITUDE DE FINIR UN TRAVAIL

L'ambition de continuer mes études à l'extérieur du pays ne m'a jamais abandonné, après avoir mis mes difficultés et défis sous contrôle, ma concentration était revenue sur le rêve que j'ai toujours gardé : celui de quitter la Guinée. Néanmoins, je n'avais jamais oublié qu'il fallait finir ce que j'avais commencé concernant la soutenance de ma thèse de mémoire, qui était devenue une obligation morale. Pour accomplir de grandes choses, il faut adopter l'habitude sur l'attitude à faire les petites choses correctement tel que commencer et finir une tâche dans les délais. Il me plaît de vulgariser au monde ce que j'ai appris de mon père, ce qu'il tient du père à son père. Le père de mon ami Mohamed Doumbouya, Elhadj Arafan, nous rappelait à chaque fois qu'on parlait de nos sujets de mémoire et les difficultés à continuer l'exécution. Il disait : « *Mes enfants, il ne faut jamais manger une souris et être incapable d'avaler sa queue* ». La soutenance de ma thèse de mémoire de fins d'études était devenue pour moi une dette morale face à l'université Gamal Abdel Nasser et de moi-même pour des années d'efforts qui méritaient d'être clôturées correctement. Quand on ouvre un nouveau chapitre dans la vie, il faut avoir le courage de le refermer. C'est vrai que j'avais des raisons qui expliquent l'arrêt momentané des travaux, mais cela ne pouvait pas du tout servir de caution morale pour justifier l'abandon total de la soutenance. C'est pourquoi dès que j'ai pu mettre un peu d'ordre dans mes activités après le décès de ma mère, je me suis retourné à l'université pour bien finir la soutenance avec mention excellent.

LE VOYAGE AUX ÉTATS-UNIS

Je suis arrivé aux États-Unis le 4 août 1998 avec une valise contenant plusieurs cravates. Quelques jours après, je me suis rendu compte que je devais complètement repenser mon mode vestimentaire afin de m'adapter à la réalité de mon nouvel environnement car la nature des travaux pour lesquels je pouvais être capable d'exécuter dès mon arrivée étaient incompatibles avec mes tenues habituelles de mon bureau chez GUIDE. D'ailleurs, ce type d'habille était non seulement inapproprié pour le milieu que je pouvais fréquenter en ce moment, encombrant et gênant pour les amis de circonstance, mais aussi et surtout un frein pour l'obtention d'un poste pour un débutant. Pour ces raisons, la façon de m'habiller qui créait de la méfiance chez certains qui pouvaient m'aider devait être changée pour se conformer à la réalité du moment. Alors, un beau jour, j'ai ramassé toutes ces cravates pour les mettre dans la poubelle et j'ai commencé mon intégration avec le nouveau milieu en faisant exactement ce que faisaient les autres. Une façon de dire que lorsque la donne change, il faut changer avec elle, car *la résistance au changement est une folie qui ferme plusieurs portes pour l'évolution de l'être humain.* Ce qui ne veut absolument pas dire qu'il faut renoncer à sa culture ou de se déraciner complément. Les boulots qui m'étaient disponibles n'étaient pas ceux qui correspondaient au profil recherché pour moi ; toutefois, j'étais heureux d'avoir quelque chose qui me permettait de vivre aux États-Unis pendant cette période — même si je n'étais pas satisfait. Je savais que je pouvais mieux faire au moment venu. Cela étant, il était clair que pour arriver au niveau de vie souhaitée et renouer avec le style vestimentaire de mon choix, il fallait surmonter plusieurs obstacles et franchir des barrières à la fois linguistiques, administratives, sociales et académiques. Ce qui sous-entend de l'ambition, des efforts, et surtout beaucoup de patience avec une vision claire sur ce qu'il fallait accomplir. Aux État Unis, j'ai été reçu par mes deux amis Mohamed Doumbouya et sa femme, Hawa Kaba qui avait un salon de coiffure à Brooklyn, New York sur Fulton Street. De l'aéroport JFK, le taxi m'a déposé à l'angle du Flatbush Avenue et du Nevins Street, situé à quelque pas du salon de coiffure de Mme Doumbouya, qui est venue me chercher pour rester avec elle avant l'arrivée de mon ami qui m'avait trouvé une petite chambre à Brooklyn d'où je logeais avec notre petit frère, Mohamed Lamine. La place où le taxi-man m'avait déposé à partir de l'aéroport était le lieu de rencontre des nouveaux arrivés en raison de sa proximité aux transports publics, trains et autobus qui génèrent le grand mouvement humain et la circulation de tout genre ; chaque matin on se regroupait là, chacun avec les fliers de son employeur pour les distribuer aux passants. Il s'agissait de petits boulots de cinq dollars l'heure. C'est ce que beaucoup de débutants faisaient à défaut d'aller laver les voitures en attendant de trouver la meilleure alternative. C'était aussi pour nous un milieu social où on pouvait raconter notre passé et nos perceptions de l'Amérique avant d'arriver — et surtout la grande déception qui exposait la déconnection entre ces perceptions qu'on avait auparavant et la nouvelle réalité. J'avais voyagé aux États-Unis pour poursuivre des cours d'anglais en septembre 1998 à Maine State, alors après deux semaines à New York, je l'ai quitté pour rejoindre cette université. Mon expérience à Maine était un monde vastement différent à celui de New York. Je vivais à Rockland, une ville calme et paisible, à l'image d'un gros village où tout le monde se connaît. Le style de vie est

159

complètement différent de celui de New York. À New York, c'est le grand public et le bruit où tout tourne en vitesse ; les gens courent dans tous les sens ; tout le monde est pressé, la vie semble être très rapide ; le bruit, le banditisme et la criminalité sont toujours à l'esprit. J'habitais en face d'une caserne pour les sapeurs-pompiers ; en plus des bruits habituels que j'ai connu à New York, il y avait ceux des sirènes qui hurlaient à toute heure. En revanche, à Maine, les gens ne fermaient pas leurs maisons. Ils garaient leurs voitures sans retirer les clés du contact. Les gens prenaient leur temps avec tout ce qu'ils faisaient avec un sourire aux lèvres. On ne sent pas de l'empressement ou l'urgence à accomplir une tâche. Un jour, quand il y a eu l'intervention des sapeurs-pompiers dans un quartier, c'est toute la ville qui en parlait le lendemain. Le climat aussi est très différent de celui de New York parce qu'à Maine le froid et la neige règnent pendant une bonne partie de l'année ; en fait, c'est la raison pour laquelle l'homme tropicale que je suis aurait préféré le New York ; à part ça, Maine était un lieu où mon expérience correspondait plus à ma perception des États-Unis avant mon arrivée. Dans mes cours d'anglais, nous étions huit personnes de différentes nationalités : deux Italiennes, deux Chiliennes, une Japonaise, deux Colombiennes et moi le Guinéen, seul homme et Africain de tout ce groupe.

LA GENTILLESSE DU HASARD

En compagnie de notre professeur M. Brian Bold, nous avons fait une sortie pour visiter un musée, puis revenir en classe pour faire des commentaires sur les images et les objets d'arts exposés au musée. M. Bryan Bold nous avait donné un nombre de minutes précises à passer dans chaque partie du musée, et il s'était arrêté dans un coin pour attendre avec l'espoir de retrouver tous les étudiants à l'heure fixée d'avance.

Au retour en classe, le professeur a dévoilé ce qu'il avait noté au musée concernant le comportement de ses étudiants par rapport au respect des consignes, et il n'a pas manqué de mentionner ça en classe devant tous mes camarades, puis il a informé qu'il y a eu une seule personne qui avait pu respecter l'heure prévue de la rencontre. Ensuite, il a demandé aux étudiants et aux autres encadreurs de deviner le nom de la personne ; la majorité est partie vers la japonaise et d'autres vers la chilienne, mais personne ne pensait à l'Africain — peut-être à cause de notre mauvaise réputation de la gestion du temps ; moi-même, je n'y pensais pas du tout parce que je pensais que je m'étais retourné trop tôt. Alors quand mon nom a été prononcé, tout le monde a applaudi, mais cela ne me faisait que rire parce que j'étais le seul à connaître ce qui s'était réellement passé pour me placer à cette position.

En réalité, le fait que j'ai été le seul à respecter les consignes données au groupe — c'est-à-dire respecter l'heure indiquée par le professeur relève de la gentillesse du hasard parce que ce qu'ils n'avaient pas du tout comme information, c'est que je me suis perdu dans le musée [sourire], parce que j'avais pris assez de temps en train de regarder une œuvre d'art et mes amis avaient quitté sans que je ne me rende compte, et donc, à la recherche du chemin lorsque je tournais de gauche à droite, j'ai fini par voir le professeur dans son coin.

Mon séjour à Maine a été une très bonne expérience. Je me suis fait des amis, et certains sont devenus comme des membres de famille. J'entretiens encore aujourd'hui de très bonnes relations avec ma famille d'accueil. Les gens qui m'ont ouvert leurs portes et leurs cœurs, comme M. Jamie Henskins, qui avait bien voulu partager sa demeure. Pendant tout ce temps que j'ai passé à Maine, j'étais le seul Africain, mais je n'ai jamais rencontré une situation qui pouvait me rappeler du racisme. On m'a fait changer de familles d'accueil, et chaque nouvelle famille me recevait avec la même gentillesse et la même curiosité à connaître ma culture et partager avec moi la sienne. Le racisme relève de l'ignorance et ne doit pas être attribué à un groupe racial par stéréotypes. Il y a du bon et du mauvais partout, et tout se passe dans la tête des gens en fonction de leur niveau de connaissance sur les autres et de l'éducation qu'ils reçoivent dès leurs jeunes âges concernant ceux qui ne leur ressemblent pas. La bonne nouvelle est que ce qui est appris sous le socle des préjugés et des fausses informations peut être désappris lorsque la lumière de la vérité et la bonne connaissance d'autrui est projetée pour éclairer la perception de l'autre avec un esprit d'ouverture issue du respect mutuel.

LE REVE IRREALISTE

Après mes cours d'anglais à Maine, je suis revenu à New York. Au début j'ai eu l'intention de retourner en Guinée, un sentiment souvent partagé par pas mal de cadres africains intellectuels confrontés à une réalité diamétralement opposé au rêve du départ. Il est évident que ce rêve existe toujours même au moment des doutes, mais l'espoir qu'on y met en rapport avec le temps qu'il faut, le sacrifice et les efforts pour arriver au résultat est souvent irréaliste. Quand on pense d'où on vient, les raisons qui ont motivé le départ de son pays et ce que l'on veut accomplir avec le séjour à l'étranger deviennent les raisons qui écrasent tout découragement. C'est pourquoi il est important de définir avec précision et clarté les raisons qui motivent une action parce qu'elles deviennent les supports qui permettent de continuer la course. La projection sur le moyen terme pour y arriver peut-être complètement fausse, mais cela ne change en rien le pourquoi et l'objectif au départ. La seule chose raisonnable à faire est d'être pragmatiste et de s'accommoder à la nouvelle réalité pour y parvenir.

Très souvent les gens quittent l'Afrique avec des cœurs remplis d'espoir et une volonté de mieux faire pour les autres. Mais malheureusement, les paris et les promesses qu'ils tiennent sont basés sur des illusions de la vie occidentale et une perspective de réussite facile et immédiate. C'est pourquoi, quand ils doivent faire face à la réalité de la vie qui les soumet à certaines contraintes et obligations toutes nouvelles à leurs expériences et perspectives d'avenir, la survie dans la nouvelle situation devient leur seule préoccupation car ils se rendent compte qu'ils sont en train de voyager dans l'inconnu.

L'IMMIGRE INCOMPRIS

A ce stade expérimental qui impose un rythme nouveau qui oblige la déconnexion avec ses sources, l'immigré devient l'incompris et assujetti à toutes sortes de mauvais jugements de la part des proches amis et parents qui se sentent déjà abandonnés par leur proche alors que la date de son départ du pays d'origine et l'espoir que cela a suscité sont encore frais dans leurs mémoires.

LES DEFIS DE L'IMMIGRE INTELLECTUEL

Si la vie est jalonnée de défis, c'est justement ce qui la rend beaucoup plus intéressante. La première difficulté d'un intellectuel qui arrive en Occident, est comment se confondre à une certaine catégorie de groupe, puis se battre afin de retrouver le milieu professionnel qui correspond à son niveau d'études avec une bonne possibilité d'insertion et d'adaptation. Il y a toujours d'immenses possibilités à réaliser ce rêve, mais cela n'est garanti que pour ceux qui sont prêts à payer le prix et faire les sacrifices nécessaires. Il y a également une catégorie d'immigrés qui arrive avec de bonnes intentions, mais qui malheureusement succombent au charme de certaines pratiques complètement opposées aux objectifs initiaux. D'autres, dans leur folie d'avoir découvert un monde qu'ils trouvent meilleur, confondent l'intégration au changement de culture, et ils finissent par renoncer à leur identité culturelle pour adopter celle du nouveau milieu auquel ils appartiennent désormais. Cette ignorance conduit certains Africains à devenir intolérants vis-à-vis de leurs frères ou sœurs de mêmes origines, avec toujours des critiques négatives envers le continent africain, mais rien proposé comme approche constructive. *Souvent ces perdus de la nature se sentent gênés de parler leurs langues maternelles en public, toujours à la recherche de ressembler aux gens qui les trouvent ridicules.* La meilleure façon de générer du respect des autres est de rester soi-même tout en respectant en même temps sa propre culture et celle des autres. Ce n'est pas en renonçant à ses origines pour plaire aux autres qu'on peut garantir leur estime, mais plutôt en assumant son histoire et sa culture qu'ils ne connaissent pas, ce qui peut en même temps leur offrir quelque chose de nouveau. Il n'y a rien de mauvais à aimer et s'adapter au mode de vie du pays d'accueil, mais la fuite des siens pour un esprit nouveau est un acte déplorable. Alors, à chaque fois que je rencontre un tel comportement, ça me donne le sentiment d'écouter un enfant ingrat qui parle à sa mère de cette façon :

LE MECONNAISSABLE AFRICAIN

Afrique ma mère, en te quittant, tu étais très inquiète, et j'ai été couvert de bénédictions venant du plus profond de ton cœur qui saignait sans arrêt, déjà baigné dans une nostalgie sans limite de me voir partir loin de toi à la recherche d'un bonheur que tes autres fils égoïstes ont refusé à leurs frères. J'ai promis d'essuyer tes larmes en échange de ta permission de me laisser partir momentanément. Par la grâce de Dieu, ton support et tes bénédictions, l'objectif du départ a été atteint. Formation et conditions de vie complètement améliorées, mais comme l'appétit vient en mangeant, j'ai commencé de plus en plus à créer d'autres ambitions qui m'éloignent de l'objectif du départ et de l'amour que je nourrissais pour toi. J'ai commencé à ressembler aux gens qui n'ont rien en commun avec moi. Les gens qui méprisent mon continent en me disant que je suis différent des autres. Mais par naïveté je me plais dans cette posture, et je trouve ça comme un compliment parce que mon cœur est mort, et le fils que tu as mis au monde n'est plus que par l'existence d'une coquille sale qui ignore pourquoi il existe et son rôle à jouer dans une société qui avait parié sur lui. Tu as commencé à être vilaine, dangereuse, voir archaïque à mes yeux. Les mauvaises nouvelles et les dangers quotidiens auxquels je suis exposé sont normaux et acceptables, mais une petite nouvelle similaire rare venant de toi devient une excuse qui justifie mon nouveau jugement sur toi. Mon nouveau cerveau n'a aucun respect pour mes frères et sœurs de même origine. Je déteste mes sœurs et frères africains ; je n'encourage personne dans leurs activités ; au contraire, je suis le premier à saboter leurs efforts et faire planer le doute sur leur compétence. Je préfère enrichir les autres communautés avec qui j'accepte tout, mais tolérance zéro pour les Africains si par manque d'alternative je dois traiter avec eux. Je préfère critiquer que donner des pistes vers des solutions à leurs problèmes au pays. C'est moi seul qui connais tout, et les autres sont en retard. Comme je le disais tantôt, ces quelques phrases ci-dessus représentent la description du comportement de plusieurs compatriotes africains qui, malheureusement perdent la tête pour devenir des êtres nouveaux complètement déconnectés de leur origine, mais la bonne nouvelle est qu'ils font partie d'une minorité parce que d'une manière générale, l'Africain est très attaché à sa source, le berceau de l'humanité.

RETOUR A NEW YORK

Mes amis débutants au coin de l'avenue Delkab attendaient impatiemment mon retour de Maine, ce qui a facilité ma connexion du milieu afin de bien continuer sur la note de fraternité et de camaraderie qu'on avait entretenu avant de les quitter pour quelques mois. On avait un groupe composé de plusieurs nationalités africaines, d'ethnies et de niveaux d'études. Nous avions les mêmes ambitions de changer le niveau de vie de nos familles respectives en Afrique. Par conséquent, nous étions pertinemment conscients d'énormes défis à relever, et la recherche de meilleur boulot était donc une préoccupation majeure pour nous tous. Un jour nous avons constaté l'absence de l'un de nos amis. Un autre est venu nous informer qu'Abdoulaye a eu du travail. Nous étions tous heureux pour lui et l'espoir de trouver de l'emploi pour nous aussi dans les meilleurs délais possibles était devenu très grand. Notre ami nous a beaucoup manqué cette journée. Abdoulaye était d'origine guinéenne, mais il avait passé l'essentiel de son temps en Côte d'Ivoire avant d'arriver aux États-Unis ; il était très comique ; avec lui la journée était agréable, et le temps passait très vite puisqu'il avait toujours des choses à raconter qui faisait rire tout le monde. Le lendemain, quand nous sommes arrivés au travail dans le coin habituel, Abdoulaye était le premier à être là. Alors nous étions tous étonnés de le voir et naturellement, chacun de nous était curieux de savoir ce qui s'est passé pour qu'il revienne parmi nous. À nos multiples questions, Abdoulaye a d'abord commencé à rire avant de commencer en disant qu'il n'allait plus jamais retourner à ce travail, et quant à la demi-journée qu'il avait travaillée, il n'allait pas chercher sa rémunération. Ce qui a encore donné une autre dimension à notre curiosité ; fidèle à ses divagations comiques, il a continué ses explications en nous laissant dans le suspense avant de dire qu'on lui avait demandé de décharger un camion rempli de marchandises ; avant même qu'il arrive à la moitié du premier, il y avait un autre camion qui stationnait ; alors il a fini par tout abandonner et de fuir la cargaison, puis on s'est tous mis à rire. L'ambiance du milieu était bonne, mais nous avons tous fini par partir un par un vers d'autres boulots plus rémunérateurs, et chacun a suivi son chemin en fonction de ses propres ambitions et objectifs. Avec l'aide de mon ami Mohamed Doumbouya, j'ai eu le travail de livreur à temps partiel avec des fleuristes à Manhattan; c'était mon tour de quitter mes amis de Brooklyn. Ce nouveau boulot payait deux fois plus que le premier, mais c'était à temps partiel. Ce qui avait véritablement changé était le temps de repos. Au lieu de commencer à 8h, je commençais à 14h pour la même somme d'argent la journée. Comme je ne suis pas venu aux États-Unis pour me reposer, il fallait trouver un autre emploi pour combler les quatre heures creuses dans mon calendrier journalier. C'est dans ce cadre que j'ai trouvé un autre fleuriste pour le même boulot de 8h à 14h. C'était l'endroit où j'ai rencontré mon ami et petit frère Kémo Camara. Ce petit boulot était très agréable par rapport au premier, et le salaire pouvait me permettre de payer certains frais d'études. Je voulais retourner à l'université, et je me suis donc mis à demander des renseignements sur les conditions d'admission dans les institutions universitaires, mais toutes les personnes à qui je demandais me faisaient croire qu'avec mon statut de sans papier qu'il était possible de fréquenter certaines institutions pour les certificats, mais que je ne remplissais pas des conditions d'accès aux universités. Néanmoins, après plusieurs contacts sur la question, j'ai décidé de me rendre dans l'une des institutions privées pour avoir des informations sur ce que je pouvais faire pour être qualifié à m'inscrire parce que j'étais prêt à dépenser tout ce que je gagnais pour avoir une formation me permettant de changer le travail que je faisais et améliorer mon niveau de vie ainsi que ceux qui dépendaient de moi en Afrique. La formation ayant été ma source de motivation pour effectuer le voyage aux États-Unis, il fallait trouver la meilleure position possible afin d'atteindre cet objectif en attendant que ma situation administrative ne soit réglée pour ouvrir les portes aux études de mon choix. La raison principale de ce volet du livre est de démontrer une fois de plus que la vie est faite de possibilités et surtout d'encourager les jeunes gens à s'accrocher à leurs rêves. Allez toujours à la source pour avoir des informations crédibles et exactes. Gardez également à l'esprit qu'il est bon de rêver, mais sans l'action qui accompagne le rêve, aucun résultat positif ne peut être produit. Il n'y a pas de règle absolue. Certes, les informations que j'obtenais de diverses sources étaient crédibles et vérifiables, mais une chose restait claire, ce qu'une visite à la source peut produire ne peut pas être obtenu avec des explications parallèles qui vont de bouche à oreille et surtout, la possibilité de changer les règles ne s'opère que sur le site dans lequel les règles sont appliquées. Dès que j'avais ces deux boulots, je suis allé tenter ma chance pour l'inscription au TCI, ou Technical Career Institute, et la combinaison des deux boulots m'a permis de payer mes frais d'études. Comme la plupart des Africains qui financent des formations aux États-Unis avec leurs propres fonds, je travaillais le matin pour étudier la nuit — parfois jusqu'à 23h. Ce premier pas dans le système éducatif aux États-Unis était pour un début pour accomplir une mission immédiate avec une vision sur le long terme parce que la connaissance technique en informatique était et encore aujourd'hui, une très bonne porte d'entrée sur le marché d'emploi professionnel; ce qui, de ma perspective d'alors pouvait me permettre d'être à l'abri de certains besoins pendant que je poursuivais la recherche d'autres connaissance de mon choix. Toutefois, mon admission à cet institut n'a pas été facile à cause de ma situation administrative qui n'était pas régulière. C'était exactement comme les gens me disaient, que je n'étais pas qualifié parce que ma situation administrative était incompatible avec les règles de l'immigration que toutes les écoles devaient appliquer. L'université avait deux catégories d'étudiants : les résidents, c'est-à-dire ceux qui résident aux États-Unis qui sont autorisés à y travailler et à exercer des activités, et les étudiants étrangers ou internationaux qui viennent d'autres pays qui ont seulement le droit d'étudier et non pas de travailler. Je n'étais ni l'un, ni l'autre, mais plutôt sans papier puisque je suis resté au-delà du séjour autorisé. Alors, quand je suis allé au service d'admission pour m'inscrire, la première question avant même de parler des frais de scolarité était de savoir mon statut administratif. La dame que j'ai rencontrée à la réception m'a demandé en ces termes :

- — Êtes-vous résident ?
  — Non.
  — Êtes-vous un étudiant international ?
  — Non, je ne suis malheureusement ni l'un, ni l'autre. Je veux tout simplement avoir l'opportunité d'étudier dans votre établissement.
  — Alors là, des cas compliqués comme ça, il faudra attendre Me. Magie.

J'ai répliqué après avec un petit sourire en disant, « Mais madame, ce n'est pas un cas compliqué. Je sais que vous pouvez trouver une solution. » C'est ainsi que j'ai pris place pour attendre Me. Magie, qui était chargée de questions d'immigration. En principe, avec mon statut irrégulier de l'époque, je n'étais pas qualifié pour étudier dans leur institution. Mais après nos échanges, elle a été sensible à ma doléance et finalement, il était difficile pour elle de refuser le droit aux études à quelqu'un qui veut étudier sur fonds propre dans une université privée. C'est ainsi que la loi a été tordue en ma faveur, et la lettre d'autorisation a été signée me permettant de participer au test de placement. Le deuxième obstacle après celle de l'immigration, c'était bien le paiement que je sous-estimais. Au début, avec l'enthousiasme et la volonté d'acquérir un nouveau métier à forte demande, je me suis inscris en génie électronique avec une lourde facture à payer.

Comme je ne pouvais pas payer comme les deux autres catégories d'étudiants, les résidents qui étaient en grande partie pris en charge par la bourse fédérale avec un tarif réduit, et les étudiants internationaux, les deux groupes payaient par semestre. Il était impossible pour moi de faire comme eux, et c'est ainsi que je suis allé voir le service financier pour négocier les paiements mensuels, ce qui a été arrangé et obtenu.

Parfois, des opportunités se cachent, et il ne faut jamais supposer que l'ordinaire ne peut être changé, quelle que soit son apparence. Heureusement, mon cas n'était pas isolé, puisque beaucoup d'autres étudiants pratiquaient la même méthode dans diverses institutions académiques. Les deux premiers mois ont vite vidé le peu que j'avais, et il fallait donc augmenter le nombre d'heures de travail et réduire le temps de repos, et aussi essayer de réduire le nombre de cours à prendre par le biais des tests d'exemption. J'ai tiré avantage de cette option qui m'a permis de passer tous les tests des cours de mathématiques, physiques, et certains cours d'anglais. La réussite de ces tests a largement contribué à réduire le coût de mes études et le temps à passer pour finir tout le programme. Le reflet de cette partie de l'histoire que mon frère et ami Kèmo Camara appelle affectueusement "C carré" donne beaucoup de souvenirs sur mon passage à TCI College.

MON PREMIER EMPLOI PROFESSIONNEL AUX USA

L e semestre avant la fin de mes études au TCI, j'ai eu l'opportunité d'être recruté par Konica Minolta Business Solutions par le biais d'un cadre de collaboration entre le service de support des étudiants diplômés et l'entreprise qui organisait le test de recrutement dans le campus. C'est ainsi que j'ai eu le premier emploi professionnel que j'ai directement commencé à exercer pendant que je fréquentais le TCI pour le reste du semestre avant de transférer au New York Institute of Technology (NYIT) pour les études supérieures en télécommunication et gestion des réseaux parce que je ne voulais pas commencer à travailler en plein temps avant de finir les études que j'avais en projet.

L'OBJECTIF A ATTEINDRE

Lorsqu'on se fixe des objectifs dans la vie, on peut toujours faire des ajustements en fonction de la réalité et des nouvelles données, mais il ne faut pas céder au confort éphémère, ni à la tentation qui fait dérailler sur le chemin de nature à succomber dans la facilité ou des gains pour satisfaire le court terme. J'avais l'opportunité d'arrêter mes études au diplôme du TCI pour devenir un employé à plein temps pour le meilleur traitement salarial, mais cette décision aurait porté préjudice et réduit mes chances d'avoir des connaissances permettant d'avoir plus à l'avenir. C'est pourquoi j'ai continué le chemin malgré le besoin financier immédiat.

LE PRIX DE LA PATIENCE

Il n'est pas facile d'être patient, mais le coût de l'impatience est beaucoup plus élevé parce que chaque chose a son temps et certaines ne peuvent pas être exécutées après un certain temps sinon une décision prématurée peut facilement faire échouer un projet prometteur.

LE PREMIER PAS DANS L'ENTREPRENEURIAT

Quand j'ai décidé de continuer pour le master, j'ai commencé à penser au coût de l'opportunité qui commençait à être très élevé, alors c'était le temps de mettre en pratique les leçons apprises dans ces deux universités techniques d'où m'est venu l'idée de créer mon business en ligne, qui s'appelle Star Buyer Online. Ce premier exercice d'entrepreneuriat en ligne a été une bonne expérience pour mon insertion dans le milieu digital qui combine les affaires et l'utilisation intelligente des outils informatiques. Un monde nouveau qui invite à apprendre de nouveaux concepts et pratiques avec des avantages financiers directes venant de l'utilité des instruments comme les smartphones, les sites web, etc. L'objectif était d'avoir une source de revenus sans compromettre le temps à consacrer pour les études. C'est ainsi que j'ai mis en place un système dont le centre de contrôle était dans mes mains par le biais de mon smartphone. J'ai lancé Star Buyer Online, l'entreprise de vente et de service en ligne, à New York. Le principal produit ciblé était les routeurs sans fils utilisés dans les maisons et des bureaux. J'ai créé le schéma qui commence par le site web comme porte d'entrée, l'interaction directe avec les clients, le produit, les fournisseurs, le service financier pour la collecte du paiement, les services de livraisons des produits achetés, la banque, etc. Après avoir fini de construire le site, j'ai pris contact avec les fournisseurs pour remplir le site avec de multiple liens des produits, et PayPal est devenu l'un des services financiers de l'entreprise ; Star Buyer Online avait également plusieurs services de livraison. Tout le processus se résumait à une procédure simple. Quand un client visite le site, il y a deux possibilités : l'action et l'inaction, c'est-à-dire quand il achète un produit, ce qui est considéré comme action, je recevais un message dans mon téléphone venant du service financier demandant mon approbation, ce qui se faisait par une simple touche du clavier de mon téléphone. Ainsi, le service financier obtient l'autorisation de payer le fournisseur auprès duquel le produit a été acheté, et garde la différence entre le prix grossiste et celui du détaillant sur mon compte. Ensuite, le service de livraison du fournisseur s'occupait de l'expédition du produit. C'est un processus dans lequel on vend des produits sans jamais avoir la chance de les voir physiquement. Ce mécanisme de fonctionnement est encore en figure avec des outils et méthodes beaucoup plus performants et sophistiqués.

LES USA, UN PAYS RACISTE OU PAYS D'OPPORTUNITE ?

Quand il s'agit des USA, il y a beaucoup de personnes qui sont partagées entre la joie de voir le progrès et l'émancipation des immigrés ou fils d'immigrés aux US qui réussissent et se retrouvent dans les hautes fonctions administratives de l'État, dans les affaires, ou dans le cinéma ; c'est l'exemple de l'ancienne Secrétaire d'État aux affaires étrangères, Mme. Madeleine Albright, qui est née en Tchécoslovaquie, l'ancien gouverneur de Californie et acteur de cinéma M. Arnold Schwarzenegger, le Général Colin Powell, Barack Obama, etc. — des personnes dont les parents ne sont pas nés aux USA, mais qui ont eu droit à des privilèges que certains pays n'offrent pas facilement aux autres personnes d'origines étrangères. Mais c'est aussi une Amérique incompréhensible où l'on entend des discours qui font la promotion de la démocratie, l'égalité des chances, et la lutte contre la discrimination et l'injustice, mais en même temps, qui pratique sur son sol des faits contraires et expose le vilain visage avec le comportement raciste, des tueries et l'usage injustifié de la force excessive avec un langage peu courtois contre les Noirs, ou les mécanismes qui alourdissent les affaires administratives susceptibles de rendre les choses difficiles pour les minorités et réduisent leurs possibilités d'accès à certains privilèges donnés aux citoyens tel que le droit de vote, ou la même facilité d'accès aux crédits bancaires comme ceux dont les Blancs obtiennent facilement. Alors, quant à la question de savoir si les États-Unis sont un pays d'opportunité ou un pays raciste, la réponse appropriée est qu'il s'agit un peu des deux, mais avec une précision importante qui fait la distinction entre la majorité du peuple américain non raciste, et le système de gouvernance qui donne plus d'opportunités aux Blancs. C'est un pays dans lequel l'immigré peut se retrouver avec les poches vides et en moins de 10 ans, il a plusieurs diplômes universitaires, une maison, et des affaires à son nom, mais quand on est Noir, ce succès n'est jamais suffisant pour être à l'abri des préjugés de ceux qui ne vous connaissent pas et qui — par ignorance entretenu par l'histoire du pays, vont toujours juger les Noirs en fonction de la couleur de leur peau. Pour cette catégorie de personnes, le Blanc reste innocent jusqu'à la preuve de sa culpabilité, mais au contraire, le Noir semble suspect jusqu'à ce qu'il soit déclaré non coupable à cause des preuves. Malheureusement, c'est dans ce milieu que les Noirs vivent encore à ce jour aux États-Unis, et beaucoup de personnes ont plusieurs témoignages pour le prouver. En ce qui me concerne, je voudrais partager deux exemples, à savoir :

LES PREJUGES

Un jour, j'étais à la cour de justice pour une affaire de loyer qui m'opposait à l'une de mes voisines ; après des échanges sur la question, ma voisine et moi étions d'accord sur le principe de libérer la maison dans les trois mois qui suivaient; alors comme c'était un cas facile qui n'avait besoin que d'être formalisé par la justice, le juge principale après avoir eu la confirmation des deux parties sur l'accord, a décidé de nous faire passer devant la chambre qui s'occupait des dossiers souples afin de nous faire signer l'accord conclu. C'est ainsi que nous sommes rentrés dans le bureau du greffier, et nous nous sommes assis pour attendre le document, puis les explications du contenu de l'accord avant qu'on ne soit invité à signer.

Avant la lecture du document à notre attention, la dame en charge de notre dossier s'est tournée vers moi en disant : « Vous savez que vous n'avez que trois mois pour quitter la maison ? Sinon, cette dame (ma voisine) ne reviendra plus ici pour ce cas, c'est le service compétent qui va mettre des affaires dehors et vous faire sortir de la maison ? » Elle s'exprimait avec un ton et des regards peu gentils. Avant qu'elle ne finisse ces commentaires, c'est ma voisine qui l'a interrompue et lui a dit : « Non, non, c'est lui le propriétaire de maison, c'est plutôt moi qui dois libérer son appartement dans les trois mois qui suivent. » La dame avait eu honte et s'est mise à s'excuser pour m'avoir préjugé certainement à cause de la couleur de ma peau, parce que d'après ses expériences et ce qui lui semblait logique, lorsqu'un Noir et une Blanche sont devant la justice pour un tel cas, c'est plus souvent la personne à la peau noire qui se trouve en position de faiblesse. Un autre exemple, c'est quand je venais de commencer mon premier emploi de technicien à KMBS ; mon entreprise était en pleine restructuration. Elle venait d'acquérir une autre entreprise Danka, et la technologie était orientée vers la fabrication des machines intelligentes pour faciliter la gestion des fichiers. Comme tous les débutants, on m'avait mis en compagnie d'un technicien supérieur pour m'aider à comprendre la routine, la culture du travail et les ressources à consulter.

Je n'avais aucune connaissance pratique en mécanique ni en électronique. Alors, il fallait forcément que j'y assiste pour apprendre et lier la théorie à la pratique. Toutefois, je suis arrivé à l'entreprise avec une très bonne connaissance théorique et pratique de la configuration et la gestion des réseaux grâce à mes études au NYIT en télécommunication et gestion des réseaux. J'ai travaillé avec plusieurs techniciens comme partenaires de terrain, les gens avec lesquels j'ai eu une solide amitié, bourrés de talents et d'esprits d'ouverture, prêts à partager le savoir. Mes pensées vont vers nos responsables M. Scott Cronin, M. Robert Chiarovano, les techniciens tels que M. Vernon Harris, M. Victor Rivera, M. James Barron-Murry le plus disponible, M. Anthony Fong, et beaucoup d'autres collaborateurs qu'il m'est difficile de citer tous individuellement. M. Anthony Fong était l'un de ces remarquables techniciens, l'un des meilleurs en connaissance mécanique, mais il n'était pas confortable avec la mise en réseau, et nous deux étions donc le couple idéal, car les faiblesses de l'un étaient les forces de l'autre et vice-versa. Au cours d'un nos services techniques, nous avons eu un appel pour résoudre un problème de scanneur ; j'étais le mieux placé pour parler de la question, alors dès que nous sommes arrivés, j'ai pris l'initiative de travailler sur le problème, et nous l'avons résolu rapidement. Ensuite, nous sommes allés rencontrer le client pour lui expliquer la nature du problème, pourquoi ils ont rencontré ce problème, ce que nous avons fait, et les conseils et pratiques qu'ils devraient suivre afin d'éviter les mêmes problèmes. J'ai commencé à expliquer, mais notre interlocuteur regardait mon partenaire pour poser ses questions, et à chaque fois qu'il posait une question à mon partenaire, celui-ci tournait vers moi pour que j'intervienne ; après quelques répétitions, notre client a compris que pour cette situation, il devait directement travailler avec moi. Tout ceci prouve à suffisance qu'il y a de sérieux problèmes de la façon dont les uns voient les autres, nos stéréotypes des gens qu'on ne connait pas avec des idées préconçues issues des jugements déjà faits sur la base d'une mauvaise mémoire qui ne reflète pas la réalité de nature à généraliser des faits isolés ; la perception du système dans lequel on vit et ses appareils de fonctionnement. La méfiance des uns envers les autres et les préjugés à cause du douloureux passé qu'on n'arrive pas à réconcilier avec le présent.

Après le constat, mon opinion est que le système aux États Unis d'Amérique est basé sur le racisme qui tient sa source du douloureux passé lié à l'esclavage et le privilège des Blancs sur les Noirs ne sont pas des choses qui peuvent disparaître facilement dans les pratiques et le comportement des êtres humains. Lorsque le pays mettait en place son système de gouvernance, les Blancs avaient une majorité confortable qui ne souffrait d'aucune possibilité de changement de pouvoir de leurs mains. Aujourd'hui, avec le changement démographique, certains Blancs qui vivent encore du passé et jouissent des avantages de l'inégalité des chances sentent leurs intérêts menacés parce qu'ils sont en train de devenir minoritaires dans un pays fortement convoité par l'immigration.

L'INDIGNATION CONTRE LE RACISME

L'indignation et les manifestations qui ont suivi la mort de M. George Floyd, assassiné publiquement par un policier Blanc, est un autre élément d'incompréhension pour des gens qui écoutent les discours de politiques étrangères des État Unis. Il s'agit d'un policier Blanc qui a impitoyablement tué M. Floyd avec préméditation, mais lorsqu'on regarde les gens qui manifestent leurs colères, la majorité était des Blancs ;

alors, qu'est-ce cela explique en termes du racisme ? Cela veut dire tout simplement que le racisme dans le pays est entretenu par une forte minorité qui tient sa force des institutions et un système de gouvernance mis en place avec une idéologie qui défavorise certaines catégories de personnes. M. Thomas Jefferson, le troisième président des État Unis, a dit que « *Le public a deux ennemis ; le criminel et le gouvernement. Il faut alors brider le second avec la Constitution pour qu'il ne devienne pas l'égale au premier* ».

Comme l'a si bien dit le Président Jefferson, on constate que le premier attaque le citoyen avec la force physique ou électronique pour voler ses biens matériels, ou lui faire du mal ; mais son action est jugée hors la loi, et est punie par la société. En revanche, le second utilise tranquillement les institutions pour légaliser le crime, ce qui lui permet de nuire aux intérêts du public dans une impunité totale. Malheureusement les impacts des dommages causés par un gouvernement sur la vie des citoyens sont très profonds, parce qu'il vole tout ce dont on a besoin pour vivre décemment : l'éducation, ainsi que l'accès aux services publics, aux soins, aux logements décents, aux crédits bancaires, etc. Il y a un passage dans la biographie de M. Frederick Douglas qui dit long sur la façon de penser de certaines personnes en position de domination ; c'est celui concernant les entretiens que son maitre a eu avec sa femme à son sujet. La femme du maitre de M. Douglas était une femme généreuse qui avait commencé à enseigner Douglas à la maison. C'est avec elle qu'il avait appris à lire et écrire ; alors quand le maitre a surpris sa femme en train de faire ça, il était profondément choqué et a rapidement invité sa femme dans la chambre pour lui dire de ne plus jamais enseigner Douglas puisque l'esclave doit être gardé ignorant. Sinon le jour où il apprendrait à lire et écrire, il ne serait plus confortable dans sa peau d'esclave et par conséquent, il deviendrait celui qui pousserait les autres à se révolter. Tout est lié à une question de pouvoir, et comment rester en position de dominateur. Celui qui est en position de force va tout faire pour garder ses avantages — quels que soient les moyens utilisés, y compris la diminution et le racisme. Ce qui reste clair, c'est que ce serait aux opprimés de se procurer des moyens pour se libérer du traitement inhumain et injuste. Le racisme est donc intimement lié à l'histoire du pays ; de la colonisation aux lois racistes par suite des différents évènements négatifs qui ont suivi. Ce qui est plus important, c'est de ne jamais accepter de jouer aux victimes et ne pas accepter de se voir à travers le prisme des autres ; le travail et la réussite avec un esprit ouvert issu de la volonté de travailler en respect mutuel sont des éléments qui permettent de dominer certaines considérations. Le racisme ou l'ethnocentrisme ne vont pas disparaître de notre monde du jour au lendemain, parce que l'être humain va continuer à utiliser les outils qui lui semblent nécessaires pour contrôler les autres. Mais chacun individuellement peut faire en sorte que ces impacts soient minimisés par le biais du respect mutuel et la préservation personnelle par les principes et visions du monde.

LE RETOUR EN GUINEE, LA POLITIQUE GUINEENNE

Ce livre s'inscrit dans la dynamique de redonner à mon peuple le peu que j'ai appris de mes années d'expérience — et surtout de partager avec la jeunesse des erreurs commises le long de mon parcours. Ainsi, je souhaite les aider à éviter certains manquements qui compromettent leurs chances d'identifier et de mieux exploiter les opportunités qui se présentent sous diverses formes. On dit souvent qu'on n'est jamais aussi bien que chez soi. Les États Unis d'Amérique sont un endroit que j'appelle mon chez-moi pour y avoir habité pendant plus de deux décennies. Sa diversité culturelle, mes nouvelles amitiés, et plusieurs autres éléments ont facilité l'insertion et la promotion du développement personnel. Toutefois, malgré les atouts et avantages du milieu, la partie sensible de mon existence qui est profondément et jalousement attachée aux valeurs de mes origines est restée très fidèle au caractère authentique du pays qui enterre mon cordon ombilical. Ainsi, cette voix qui est ma compagne de tous les jours a toujours veillé au grain sur mes mouvements et prises de décision. Par conséquent, elle n'a jamais failli à son rôle d'alerte et de rappel à l'ordre sur qui je suis et d'où je viens. C'est pourquoi je suis concerné et me sens directement affecter positivement ou négativement par des nouvelles concernant la Guinée. Je suis un homme privé qui aime se faire appeler causeur de salon parce que c'est le profil que je préfère mieux que celui d'un politicien — même si je suis suffisamment conscient de ce que la politique peut apporter du bien tout comme du mal sur la vie d'un peuple. Comme pour dire que je n'ai en réalité jamais quitté la Guinée. Mon corps a certainement fait un changement de milieu, mais mon cœur a toujours gardé l'envie d'y retourner pour

181

contribuer à son développement. C'est l'une des raisons qui est ma source d'inspiration et de motivation à toujours continuer à apprendre afin de redonner à mon peuple le peu que j'aurais eu de mes années d'expérience aux USA. Il y a deux personnalités qui sont les plus populaires et les plus suivies à cause de leurs caractères, leur leadership et leur influence qui dominent toutes les autres créatures au monde. Ce sont les prophètes Mohamed (SWS) et Jésus Christ (Issa). Ces deux hommes ont plusieurs choses en commun ; leurs qualités remarquables résident dans la forte conviction de ce qu'ils faisaient, le courage, la détermination à livrer le message, quelques soient les obstacles ou prix à payer, mais aussi et surtout une foi sans laquelle ils n'auraient jamais pu accomplir leurs missions. S'il y a donc de l'injustice ou des choses anormales qui méritent d'être dénoncées, ça devient la responsabilité de tout citoyen de faire sa part, soit par des actions concrètes pour arrêter le mal, soit par exiger à ceux qui détiennent le pouvoir d'arrêter le mal. C'est dans cet esprit, qu'après des années de silence sur la vie publique de la Guinée, que j'ai commencé à me faire entendre par les moyens dont je dispose. Dans un environnement où la culture de contradiction n'est pas toujours acceptée ou encouragée, il est difficile de se faire entendre par des gens qui se sentent affectés par des propos qui concernent la vie et la gestion des affaires publiques — même si l'initiative est motivée par la bonne foi et dans un souci de contribuer à aider les décideurs à se remettre en cause et évaluer leurs pratiques et méthodes pour améliorer leurs performances pour le bien de tous. Nous sommes dans une société où le poids des religions et le droit d'aînesse, malgré le bien qu'ils apportent dans l'organisation de la vie en communauté, restent encore des handicaps pour le débat contradictoire parce qu'on en fait un usage abusif face à la pertinence des arguments d'un interlocuteur plus jeune.

Pour se trouver du chemin sans trahir la tradition en ce qui concerne le respect aux aînés, la jeunesse doit s'armer de plusieurs outils dont le savoir, la connaissance de son histoire, les valeurs de la société, la courtoisie, et beaucoup d'humilité à faire passer le message dans un langage franc et accessible aux autres en tenant compte de leur sensibilité sans compromettre le principe de faire avancer les choses dans la bonne direction pour l'intérêt général. Ce n'est certainement pas un exercice facile, mais lorsqu'on est attaché aux valeurs, avec une meilleure capacité qui s'appuie sur la recherche de ce qui est de meilleur chez l'autre, les possibilités de compromis deviennent visibles et profitables pour un dialogue constructif dépouillé d'arrogance et la mauvaise lecture sur des raisons qui motivent les autres à garder leurs positions. Les jeunes doivent s'approprier des outils pour avoir la capacité de faire comprendre aux ainés les côtés positifs dont ils peuvent être des bénéficiaires directes ou indirectes.

LE POIDS DES CROYANCES

Une croyance — qu'elle soit religieuse, spirituelle, ou du fétichisme — est très importante dans la vie d'une personne parce qu'elle contribue à forger la foi sans laquelle la gestion des défis de la vie se transforment en difficultés insurmontables. Au-delà du caractère controverse, la religion à sa place grâce aux biens qu'elle offre au monde ; rien que pour l'organisation des identités culturelles, ses actes humanitaires et la réduction de la criminalité par le biais de l'éducation morale avec le retenu qu'elle impose aux croyants pour freiner certaines actions nuisibles à la société. Il serait très naïf de penser que la religion n'offre que du bien, sans tenir compte de nombreux problèmes et crimes que les gens commettent au nom de la religion. Il est également du constat qu'elle est malicieusement utilisée par plusieurs hommes forts au pouvoir comme un instrument pour tromper et endoctriner une bonne partie du peuple afin de les garder sous la domination. C'est une situation que vit l'Afrique dont la grande majorité se laisse croire à des choses qui n'ont rien avoir avec les écritures religieuses, mais dans leur conscience collective abusée par des personnes qui sont censées connaître les règles religieuses. Très souvent, on a l'impression que le continent africain doit son retard aux pratiques religieuses, ce qui n'est pas du tout le cas. L'Afrique ne souffre pas de l'excès de pratiques religieuses, mais en réalité elle souffre de la méconnaissance des religions et de leurs rôles dans la société, et qui par conséquent, donne lieu à des interprétations et pratiques qui n'obéissent à aucun principe accepté comme un instrument ou règles de conduite par le monothéisme religieux dont revendiquent ceux qui se livrent à ces exercices. Chacun utilise l'autre pour lui faire accepter ce qu'il souhaite lui faire accomplir au nom de Dieu avec des récompenses fallacieuses ou des actions punitives du créateur lorsque le désir demandé n'est pas accompli. En Afrique et très fréquemment on peut entendre des gens dire que c'est Dieu qui donne le pouvoir et par conséquent, un Chef aussi mauvais qu'il soit ne doit pas être combattu, ou souffrir d'une opposition même démocratique. De telles affirmations grossières qui ne sont supportées par aucun livre saint, sont entretenues et soutenues par des médiocres au pouvoir qui s'appuient sur le niveau élevé d'analphabétisme, qui d'ailleurs est le fruit de leur mauvaise gouvernance, pour empêcher toutes idées de contradictions de nature à menacer leurs pouvoirs et les dérives dictatoriales qu'ils imposent à un peuple démunis et soumis aux traitements inhumains avec un niveau de vie dégradant qui ne se justifie pas et surtout en contradiction avec la richesse dont disposent les pays dont ils ont les responsabilités de gérer. La religion est une question de conviction ; tout ce que l'individu croit devient la vérité pour lui. Ce qui est le plus important pour une vie harmonieuse en société est le respect mutuel et la tolérance. Si vous pensez que vous avez le droit d'exister et de pratiquer la foi de votre choix, la moindre des choses est d'accepter le même droit aux autres sans les frustrer avec le sentiment que votre vérité est universelle, et par conséquent, doit être suivie par tout le monde. Quelqu'un disait qu'aussi longtemps que la couleur des yeux reste différente, que nous allons continuer à voir les choses différemment. Toutefois, malgré cette divergence de façon de voir le monde, on se rendrait beaucoup de services si chacun s'occupait de soi et laissait les autres gérer leurs affaires. *Personne n'est mieux qualifiée que les autres pour juger de ce qui est bon ou mauvais pour les autres.* Les lois que nous avons organisent la cité et le vivre-ensemble ; elles définissent les droits et les limites de chacun en fonction des circonstances et actions à réaliser, mais au-delà de ces lois et principes qui doivent s'appliquer à tout le monde, les libertés individuelles qui ne nuisent pas les intérêts des autres, doivent pouvoir garder leurs caractères privés.

LA RESPONSABILITÉ DES UNS ENVERS LES AUTRES

Le monde est une collection de plusieurs éléments et d'entités enfermées dans une même boîte, donc l'interconnexion et dépendance est une réalité qui ne peut pas être soustraite de ce que nous faisons individuellement ou collectivement parce que l'action des uns peut directement ou indirectement affecter le quotient des autres sans qu'ils ne soient responsables ou associés à l'initiative de l'action dont ils vont être amenés à subir les conséquences. Cela amène à dire que tout le monde est ambassadeur et chaque nom est associé à une image, qu'elle soit bonne ou mauvaise ; à chaque fois que les gens entendent ce nom, ce n'est pas seulement le portrait physique qu'ils voient, mais aussi et surtout le caractère, le comportement, les principes et l'ensemble de tout ce que la société d'une manière générale reconnaît en cette personne. Cela étant, les actes personnels posés par ce dernier quelle que soit la taille consciemment ou inconsciemment, vont forcément affecter ceux qui vont être associés à ce nom. Par conséquent, ces actes deviennent directement la source du destin d'une autre personne. Il faut que chacun comprenne ça. Je dis souvent qu'on fait tout pour soi ou contre soi ; cela me semble une réalité qui ne se dissocie pas aux effets indirects qui peuvent affecter les gens qui dépendent de la personne qui pose des actes en ce qui concerne ces entourages, les membres de familles et les personnes qui sont connus par le grand public comme collaborateurs ou bénéficiaires de ses actes. Quand on observe la chronologie de certains évènements de l'histoire, on peut tirer de bons exemples qui affirment que le hasard n'existe pas, car tout acte suit une certaine logique de dépendance. Pour illustration, comme noté précédemment, la chance d'avoir mon premier emploi est liée au fait que j'avais dans mon curriculum vitae une ligne qui faisait référence à la connaissance des outils de l'informatique, ce qui veut dire que l'action prise pour apprendre l'informatique, ce qui m'a permis de mentionner dans mon curriculum, était un choix personnel pour l'apprentissage sans savoir que c'était le début du destin dans une entreprise. Il a fallu l'un qui était de mon choix, de ma responsabilité se réalise, pour que l'autre qui ne dépendait pas du tout de moi ait lieu, donc en somme du fait que mon choix ait été la cause de ce destin, c'est-à-dire la qualification qui a permis mon invitation à l'interview, peut bien conclure que d'une manière ou d'une autre chacun participe directement à la confection de son destin. Chacun devient une partie du groupe de personnes auquel il est associé, de toute façon, la société catégorise et associe les noms en fonction de leur appartenance aux idées, principes et pratiques qui leurs sont reconnus. Toujours dans le cadre de cette illustration d'association de nom et de comportement, le recrutement de mon ami Rubel pour son premier emploi de technicien à Xerox est un autre bel exemple. J'ai été recruté par Clyde Siriram qui est devenu après un ami avec lequel j'entretenais de très bons rapports de collaboration et nos entretiens étaient beaucoup plus centrés sur les idées de business et d'autres domaines liés aux initiatives privées. Mohamed Rubel est un ami et ancien camarade de classe à l'Institut des carrières techniques et de Clyde Siriram, le manager du service technique à Xérox, qui avait la même position à KMBS, où je travaillais. Rubel et moi avions gardé de bonnes relations après les études, et nous communiquons régulièrement sur les sujets de la technologie. Quant à moi, j'ai été recruté au campus, et je n'ai donc pas connu le chômage parce que j'avais commencé à travailler avant même de finir mes derniers cours. Mohamed Rubel (aujourd'hui IT sénior et chef d'entreprise), en revanche, a mis du temps à la recherche d'emploi. Quand il était prêt pour l'interview avec Xérox, il m'avait appelé la veille pour des conseils, et nous avions échangé sur un certain nombre de points. Le jour de son interview quand il est rentré dans la salle, il a reconnu Clyde qui était le recruteur parce qu'il savait que c'est lui qui m'avait recruté, mais il le croyait encore à Konica Minolta Business Solutions. Avant de commencer l'interview, Mohamed a dit à Clyde : « Je vous connais. C'est vous qui avez recruté Soumah ». Clyde a demandé, « Vous connaissez Soumah ? Tu as le numéro de Soumah ? ». Il a répondu oui. L'affaire était classée ; M. Rubel n'a pas eu d'interview, et il a été immédiatement retenu pour l'emploi. Tout ce qui intéressait Clyde à cette période était d'avoir mon numéro de téléphone qu'il avait perdu. Cet autre exemple prouve que nous sommes tous connectés et que chacun à une responsabilité envers les personnes avec lesquelles il est associé parce qu'il est évident que l'effet contraire pouvait se produire contre mon ami Rubel, si par malheur M. Clyde Siriram avait jugé mon comportement peu professionnel ou indésirable. Mon ami aurait payé les frais d'une situation dont il n'a aucune idée. C'est bien cet esprit qui anime l'écriture de ce livre pour servir les autres. Nous avons l'obligation de créer pour les jeunes un monde meilleur à celui que nos aînés ont laissé. À mon avis, c'est la meilleure façon d'évaluer le succès et la réussite d'un passage à un endroit. Cet ouvrage fait appel à la contribution des plus compétents pour la promotion de cette cause. Du fait que vous ayez eu le temps et la patience de lire jusqu'à la fin, prouve à suffisance votre envie de comprendre le message que je cherche à véhiculer par le biais des lecteurs que vous êtes. Je dis merci et vous invite à écrire, à conter votre histoire qui va certainement aider d'autres personnes à imiter vos bons choix en évitant des erreurs de parcours.

QUI EST ABDOULAYE AMIE SOUMAH ?

Né le 31 mars 1965 et grandi à Conakry en République de Guinée, d'une famille polygame d'un père ouvrier des services du chemin de fer de Guinée, feu Elhadj Mandiou Soumah, et de feue Amie Camara, mère qui faisait le petit commerce ; Abdoulaye Amie Soumah est un entrepreneur, investisseur et professionnel dans le domaine des nouvelles technologies.

Il est Titulaire du diplôme d'Ingénieur des Ponts et Chaussées de l'Institut Polytechnique de l'Université Gamal Abdel Nasser de Conakry, diplômé en Télécommunications et Gestion des Réseaux de New York Institute of Technology (NYIT), USA ; Master en Business Administration (MBA), Finances Internationales au Keller Graduate School of Management, à Devry University, à New York.

Il a lancé Star Buyer Online aux USA, et Groupe LaGuinèFé sous lequel opèrent plusieurs activités économiques en Guinée.

Il est père de trois enfants et marié à Mme Soumah Hawa Diallo. Il réside à New York depuis août 1998

TABLES DES MATIERES

www.ingramcontent.com/pod-product-compliance
Lightning Source LLC
Chambersburg PA
CBHW051511260626
47162CB00008B/2920